Eva K. Hasselblad

Der Peking Opa

Ein Fragment

Der Peking Opa. Ein Fragment: © Eva K. Hasselblad 2014
Umschlagfoto und -gestaltung: © Jons Michael Voss, 2014

I

„Du gehst natürlich als Chinesin."
„Warum?"
„Weil jeder vierte Mensch auf der Welt Chinese ist."
„Wie?"
„Weil es vier Milliarden Menschen auf der Welt gibt und davon eine Milliarde Chinesen sind."
„Deswegen soll ich als Chinesin gehen? Warum?", frage ich weiter.
„Weil du das vierte Kind von uns bist!"
„Wie langweilig!", protestiere ich.
„Gar nicht, ich habe total viel darüber gelesen, das ist spannend."
So kam es, dass ich mich an Fasching als Chinesin verkleidete. Meine Eltern hatten keine Zeit und keinen Kopf für Kinderkostüme. Vater war Pastor in einer kleinen Dorfgemeinde und hörte nebenbei Vorlesungen an der nahegelegenen Universität, seine Frau versorgte den Haushalt, war Mutter von fünf Kindern sowie begabte Biologin – aus Geldmangel ohne Examen – die sich im Keller ein Labor eingerichtet hatte, um ihre Forschung weiterzuführen. Davon verstanden wir Kinder nichts, mir gefielen nur die zum Teil lustig blubbernden Flüssigkeiten in ihren bizarr geformten Gläsern im Keller.

Meine Mutter war zu sehr Naturwissenschaftlerin, um sich mit aufwendigen Näh- und Bastelarbeiten für alberne Verkleidereien zu beschäftigen. Eine Chinesin aber konnte ich ohne viel Aufwand selber kreieren: aus schwarzen Wollresten zwei dicke Zöpfe flechten, mit Hilfe eines Haarreifens und mehrerer

Haarklemmen am Kopf befestigen, fertig. Sie hingen zwar vor statt hinter den Ohren, aber das störte mich nicht, im Gegenteil, so sah man sie besser. Auf dem Kopf trug ich einen dieser spitzen Bambushüte, wie sie heute in fast jedem Chinaladen verkauft werden. Jahrzehnte später sah ich diese Art Hüte durch südchinesische Reisfelder wandern, auf den Köpfen mühselig Pflänzchen für Pflänzchen ins Feld setzender Bäuerinnen und Bauern.

Einfache schwarze Stoffschuhe, schlichte Baumwollkleidung, wie ich sie sowieso im Schrank hatte – fertig war die Chinesin. Dazu sagte ich „tsing tsing", meine Brüder hatten mir das beigebracht, sie kannten es von Karl May. Es war eine lustige Feier: Ein Kind ging als Pumuckl, vier Kinder hatten sich verabredet, als die sieben Zwerge zu gehen, denen drei abhanden gekommen waren, es gab Rumpelstilzchen, Dornröschen, Karlsson vom Dach – und eben mich, die Chinesin.

Während der Faschingsfeier stand plötzlich ein älterer Herr vor mir, den ich noch nie zuvor gesehen hatte. Hoch gewachsen, dunklerer Teint als ich ihn von den Menschen aus Klonland kannte, volles, grau meliertes Haar, das ihm über die Schultern wallte, eine durchaus nicht unauffällige Erscheinung, doch außer mir schien niemand den Mann zu bemerken.

Er lachte lautlos und nickte mir zu:

„Gut siehst du aus", sagte er. „Du wirst später sehen, wie gut du die Chinesin getroffen hast." Damals wusste ich mit diesem Satz nichts anzufangen, erst viel später, auf einer langen Zugfahrt von Peking in den Süden Chinas, bei der ich stundenlang über Chinas Reisfelder blickte, verstand ich ihn.

Ich hatte nie einen Großvater gehabt, sie waren beide lange vor meiner Geburt gestorben, hatten meine Eltern mir erzählt. Das hier musste eine Art Großvater sein, dachte ich sofort.

Und richtig: „Ich bin der Peking Opa", fuhr der Mann fort. „Feier weiter dein Fest, du bist auf dem richtigen Weg."

„Was für ein Weg?", ich war auf einer Faschingsfeier, nicht auf irgendeinem Weg.

„Ich werde immer bei dir sein, auch wenn du mich nicht siehst."

Wieso sollte ich ihn nicht sehen?

„Bist du---", hob ich an. Aber da war er schon verschwunden.

„Wir werden uns wiedersehen", hörte ich seine Stimme noch und beschloss, sie mir gut zu merken. Später wurde mir bewusst, dass er genau in dem Augenblick verschwunden war, als Erzieherin Hilde zu mir trat, um mich zum gemeinsamen Spiel in den Nebenraum zu holen.

Ich wollte ihn so viel fragen, aber jetzt war er weg, und gesehen hatte ihn sowieso nur ich. Daher erzählte ich auch nicht von ihm, wahrscheinlich würde mir ohnehin niemand glauben. Ob ich ihn wiedersehen würde?

Wenn meine Mutter nicht im Labor stand oder Fachzeitschriften las, tippte sie auf einer mechanischen Schreibmaschine die Seminararbeiten ihres Mannes.

Irgendwann bewarb er sich auf eine Arbeitsstelle in Kaiserland, wanderte aus und nahm hochschwangere Frau nebst fünf Kindern mit.

Zuvor wurde noch rasch die kleine Dorfschule vor dem Eingehen gerettet, mit Hilfe meiner Einschulung, ich war fünf Jahre alt. Die Eltern hatten die Termine so koordiniert, dass es genau passte: Erst Rettung der Dorfschule in Klonland, dann Ausreise und Schulanfang in Kaiserland.

Zunächst brauchte ich die grüne Schultüte, die schon meine älteren Geschwister einst zu ihrer Einschulung im Arm gehalten hatten, jeweils neu befüllt natürlich. Ich erinnere überhaupt nichts davon, habe keine Vorstellung mehr von der Lage der Schule oder dem Weg dorthin, es muss im Vergleich zu der unmittelbar folgenden Ausreise eine recht unspektakuläre Veranstaltung gewesen sein. Um Spektakel ging es auch nicht, sondern um die gute Tat des Gemeindepfarrers: Pastor rettet Schule in Klonland und geht anschließend nach Kaiserland, um dort Gutes zu bewirken. Ich wurde um der rettenden Quote willen eingeschult, zum Unterricht bin ich dort nie gegangen. Wir reisten unmittelbar danach ab. Die kleine Dorfschule in Klonland aber ging nicht sofort ein, sondern erst ein paar Jahre später.

Die Schultüte wurde anschließend auf einem großen „Scheiterhaufen", wird mir erzählt, verbrannt. Vielleicht war das für mich spektakulärer als die Einschulung, ein riesiges Feuer im Pfarrgarten. Erinnerung daran gibt es gleichwohl nicht.

Dann wurde nach Kaiserland geflogen, und weil ich schon offiziell eingeschult worden war, wird mir später erklärt, musste ich gleich am nächsten Tag in die Schule gehen. Die Geburt der kleinen Zwillinge kurz danach, eine Hausgeburt, bei der die Kaiserländer Hausangestellte Yasmin ihren ersten großen Einsatz hatte, sie verblasst neben dem nun beginnenden Schulalbtraum.

Der Peking Opa. Aus irgendeinem Grund dachte ich, er werde mir helfen das alles durchzustehen. Ich hatte ihn nur ein Mal gesehen und stellte mir nun vor, dass er bei meinen Eltern für mich eintrat. Hatte er nicht gesagt, er werde immer bei mir sein? Er hatte so gütig gewirkt. Oder stelle ich mir das erst heute vor?

„Lasst eurer Tochter Zeit, ihre neue Umgebung kennenzulernen. Zwingt sie nicht, gleich Leistung zu erbringen", höre ich ihn sagen. Aber vielleicht konnten sie ihn genauso wenig hören wie sehen.

Mir blieb keine Zeit, die erste große Erwachsenenlüge zu verdauen: Die Bewohner von Kaiserland sind nicht bunt. Wohlmeinende Freunde und Verwandte hatten mich gut vorbereiten wollen.

„In Kaiserland sind die Menschen farbig."
„Hää?", hatte ich nachgefragt.
„Ja, nicht so weiß wie wir."
„Farbig?"
„Ja!"

Bunte Menschen, dachte ich, toll!

Nun die Enttäuschung: Die Lehrer sahen alle aus wie ich, die meisten Mitschüler auch, die Leute in der Kirche sowieso, nur die Verkäuferinnen und Verkäufer beim Bäcker und auf dem Markt waren anders, unser Nachtwächter und der Gärtner, aber sie waren auch nicht bunt, sondern braun. Einzig unsere wunderbare Haushaltshilfe Yasmin schillerte so wie ich mir „Farbige" vorgestellt hatte: bunt changierend, lila, rot, grün, gelb, blau, farbig eben. Herrlich! Sonst nur braunbraunbraun. Immerhin viele verschiedene Brauns, von hellbraun bis fast schwarz. Ob die wohlmeinenden Erwachsenen das gemeint hatten?

Als Erwachsene stellte ich später ähnlich verblüfft fest, dass nicht alle Chinesinnen so schwarze Haare haben wie ich damals mit meinen pechschwarzen Wollzöpfen. Es gibt blaue, rote, gelbe und braune Schwarztöne auf den Köpfen von Chinesinnen und Chinesen.

Heute stelle ich mir manchmal vor, dass der Peking Opa mit meinen Eltern gesprochen hat:

„Ihr habt entschieden, die Schule in Klonland zu retten und dann nach Kaiserland zu gehen, um dort zu arbeiten, eine gute und wichtige Arbeit. Eure Kinder konntet ihr nicht nach ihrer Meinung fragen, sie waren zu klein. Steht ihnen bei, sie tragen die Folgen eurer Entscheidung mit."

„Es ist nicht leicht, im Trubel mehrerer Kinder auf Zwischentöne zu achten", höre ich den Peking Opa nach kurzer Pause fortfahren. „Wenn sie fröhliche Briefe schreiben und beim Mittagessen muntere Geschichten aus der Schule erzählen, so ist das vielleicht nicht alles. Wenn ein Kind zum Beispiel von Mitschülern gequält wird oder unerklärliche Krankheiten bekommt, seid wachsam." Doch Job, Forschung und inzwischen sieben Kinder hielten Pastor und Biologin zu sehr in Atem, um auf Details zu achten.

Oder haben sie sich erst später an die Mahnungen vom Peking Opa erinnert? Die Zwillinge bekamen nach unserer Rückreise ein Jahr Zeit, bevor sie eingeschult wurden. Sie waren bei unserer Rückreise ähnlich alt wie ich bei der Ausreise nach Kaiserland und durften um des sanfteren Übergangs willen ein Jahr in die stressfreie Vorschule gehen.

„Du hast Geburtstag, du fängst an zu wählen."

Völkerball. Ich war klein und schnell, blieb meist als Letzte meiner Mannschaft im Feld übrig, konnte mich gut unter Bällen wegducken oder flink davonwieseln, mir gefiel das Spiel.

„Fragezeichenabine", las ich später vor. Der Eintrag ins Gästebuch der Eltern, Erinnerung an meinen ersten Geburtstag in Kaiserland, Klassenkameradin Sabine schrieb das S spiegelverkehrt. Ich verstand das mit dem Gästebuch nicht recht, meine Klassenkameradinnen und Klassenkameraden wahrscheinlich auch nicht, aber ihre bunten Bilder und Zeichnungen gefielen mir. Ich verlor mich lange in der Betrachtung der farbenfroh beschriebenen und bemalten Seiten. Immer wieder fuhr ich die Muster, Buchstaben und Bilder mit dem Finger nach und entdeckte stets neue Botschaften darin, nur welche und von wem? Von Fragezeichenabine vielleicht?
Die Erinnerung an den Geburtstag bleibt dennoch bis heute nebelhaft.

Umso deutlicher sind mir die vielen Seiten Schönschrift in Erinnerung geblieben, die ich in der nächsten Zeit produzierte. Schönschrift bei Frau Kleinschmidt, seitenweise, es tat gut, die verwirrende neue Welt, in die ich mich hineingeworfen fühlte, mit Hilfe sorgfältig kalligraphierter „l" und „e" zu verdauen; ich konnte dabei meiner Phantasie freien Lauf lassen, niemand störte mich oder wollte etwas von mir. Ich durfte malschreiben und dabei träumen, es merkte ja niemand. Und Frau Kleinschmidt fiel nicht auf, was für zierliche Zeichen und Symbole ich in die filigranen „l" und „e" einflocht und damit meiner Enttäuschung über die nicht bunten Menschen Ausdruck verlieh. Aber ich sollte außerdem kaiserländisch lesen und schreiben lernen, es wurde Leistungleistungleistung gefordert, so fühlte sich das an; sie sind längst im schwarzen Loch der Überforderung versunken, die wenigen Buchstaben, die ich damals lernte. Bald durfte ich damit aufhören, wenigstens das, mir blieb das beruhigende Malen von seitenweise „l".

Eines Abends zwei Jahre später, wir saßen ohne Vater – der war wieder einmal auf Dienstreise – aber mit Yasmin beim Abendbrot, wie immer wurde vor dem Essen gebetet. Auf einmal schien es Yasmin schlecht zu gehen, ihre bunten Gesichtsfarben verblassten, meine Mutter lotste sie schnell ins Schlafzimmer, meine Schwester sollte ihr frische Bettlaken bringen, es war wohl etwas Ernstes, viel mehr verstand ich nicht. Am nächsten Tag erklärte meine Mutter mir, dass Yasmin eine Fehlgeburt gehabt habe.

„Fehlgeburt, Fehlgeburt," kreiste es in meinem Kopf, das Thema beschäftigte mich mit meinen sieben oder acht Jahren. Hieß das, dass das Kind in Yasmin gestorben war? Das wäre ja entsetzlich. Ob sie traurig war?

„Dafür hat man keine Zeit, es muss ja weitergehen", so oder ähnlich lautete die Antwort meiner Mutter, als ich sie danach fragte. Ich hatte gezögert, Yasmin selbst darauf anzusprechen.

Natürlich, Mutter und Yasmin hatten sieben Kinder zu versorgen, der Vater meist im Auftrag der Kirche unterwegs. Mich hat das noch lange beschäftigt: „Keine Zeit für Traurigkeit." Das war vielleicht eine der ersten Botschaften vom „behütenden" Gott: Er verlangt absolute Selbstaufgabe. Yasmin sagte später dasselbe, als ich wagte sie zu fragen.
Erst als Erwachsene begreife ich, dass Yasmin wahrscheinlich hätte verbluten können und meine Mutter nur im Sinn hatte, keine Panik aufkommen zu lassen, uns Kinder in Sicherheit zu hüllen. Für Trauer blieb da keine Zeit.

Dieses Eingehülltsein in absolute Sicherheit hat es möglich gemacht, dass ein katastrophenresistenter Optimismus in meinem Innern Fuß fassen konnte, der mir heute sogar alle Verletzung und Ignoranz der Familie ertragen hilft.

Meine Mutter und Yasmin managten den Haushalt nebst sieben Kindern vom Frühstück bis zum Zubettgehen, wuschen auch mal Bettwäsche für zehn Personen von Hand, wenn das fehlende Ersatzteil für die Waschmaschine nicht schnell genug aus Klonland kam, und meine Mutter sah auch noch nach unseren Hausaufgaben. Schon früh erzählte ich zu Hause von bescheuerten Lehrern oder blöden Hausaufgaben, nicht aber später von den Ungeheuer-Albträumen. Das, dachte ich, konnte ich ihr nicht auch noch zumuten, sie hatte genug zu tun, es war ja auch nicht so wichtig, schien mir, nicht im Vergleich zu der großartigen Arbeit der Eltern. Als das Wesen in jener Badewanne in der Schneewüste mir sein Gesicht und seine lila Wurst zeigte, war das viel zu grässlich, unfassbar und peinlich, um damit meine ohnehin überlastete Mutter zu behelligen. Ich wusste von meinen Eltern, dass es immer um das große Ganze ging, nicht um mich, das war bei der Schulrettung so, bei der Fehlgeburt und später bei der lila Wurst. Ich kannte es nicht anders, war gewohnt, eigene Empfindungen und Bedürfnisse zurückzustellen oder, besser noch, gar nicht erst wahrzunehmen. In Gesprächen meiner Eltern, wenn ich sie mitbekam, ging es meistens um die wichtige Arbeit der Kirche, hinter der sogar die Forschung meiner Mutter zurückstand. Im Zweifelsfall, schien mir, hätte sie immer das Tippen des neuesten Arbeitsberichts meines Vaters ihrer aktuellen Forschung vorgezogen. Die Texte wurden in Nachtschichten getippt, die Prioritäten waren klar.

Hatte sie das vorher nicht getan? Oder war es mir nur nicht aufgefallen? Für Vater und meine Geschwister jedenfalls schien es völlig normal zu sein, es wurde nie thematisiert: Mutter fasste den blechernen Kochtopf mit bloßen Händen an, wenn sie den allmorgendlichen Haferflockenbrei umrührte, den Topf umsetzte oder Brei auf unsere Teller goss. Das musste doch irre heiß sein, dachte ich. Einmal sah ich, wie sie Hühnereier mit der bloßen Hand ins kochende Wasser legte und später wieder herausfischte. Mir war das etwas unheimlich: Warum konnte sie das tun, ohne sich zu verbrennen? Uns Kindern hatte sie wie alle Mütter Vorsicht vor Herd und heißen Kochtöpfen beigebracht. Was war meine Mutter für ein Mensch, dachte ich, und wieso fand niemand außer mir an ihr etwas anders als bei anderen

Müttern? Nein, das schien zwar meine Mutter zu sein, zugleich aber war sie mir fremd, wie aus einer anderen Welt oder von einem anderen Stern.

Es war schrecklich, der Schulhof, die vielen Menschen, ich war ungeübt im Umgang mit fremden Kindern. Und diese hier waren alle größer als ich. Meine Seele war gerade von Klonland nach Kaiserland geschleudert worden, wollte die neue Umgebung begreifen, spielen, nicht zur Schule gehen und lernen, schon gar nicht in eine so strenge Paukschule. Später schrieb ich dann seitenlange Briefe an meine Patentante in Klonland: „Wie geht es dir? Mir gut."

In akkurater Schrift erzählte ich von „Fräulein Scholz" und der Ungerechtigkeit der von ihr verhängten Strafarbeit: „Für einmal Heft vergessen eine Seite abschreiben!!!" Darüber ereiferte ich mich ausführlich und mehrere Seiten lang in einem Brief an meine Patentante.

Später, in der vierten Klasse, dieser cholerische und rassistische Lehrer für Mathematik, der einheimische Mitschüler brutal schlug. Bei ihm gab es diese entsetzlich vielen Rechenkästchen als Hausaufgaben, meine Mutter setzte sich hin, rechnetrechnetrechnete mit mir. Die Aufgaben waren vom Lehrer gestellt, sie mussten darum erledigt werden; gut, dass Mutter dabei half. Zusätzlich zu allem, was sie sowieso zu tun hatte, um das Familienunternehmen am Laufen zu halten: einkaufen, kochen, putzen, Kinder hin- und herfahren… Ich hörte oft die Schallplatte mit dem Märchen von Aschenputtel; es machte mich traurig, aber so musste das Leben wohl sein, als graue Maus arbeitearbeitetearbeitete meine Mutter, während der Prinz ins Inland von

Kaiserland reiste, um dort Gutes für die Welt zu tun. Für mich galt: Was Lehrer oder Eltern tun, ist richtig, was sie fordern, wichtig und wird gemacht. Meine Mutter hinterfragte ja auch nicht ihre Hausarbeit, und mein Vater oder sie selbst hatten nie gefragt, ob sie sie gerne tat. Vierzig Jahre später erfahre ich, dass meine Eltern über den Schulvorstand versucht hatten, etwas gegen diesen brutalen Lehrer zu unternehmen, damit sein Vertrag in Kaiserland nicht verlängert werde – vergeblich.

Rechnenrechnenrechnen, es reichte nicht, ich war nicht gut genug, es musste besser werden, ich musste besser werden, also mehr rechnenrechnenrechnen, der Choleriker war zufällig auch noch unser Nachbar, mir schien, ich hatte auch zu Hause keine Ruhe vor ihm. Also mehr rechnenrechnenrechnen, ich wollte das schaffen, damit ich endlich gut genug war. Ob trotz oder wegen dieses Lehrers: Ich kann bis heute nicht gut rechnen.

Eine Freundin hat sich einmal, berichtet sie, mit anderen Eltern zusammengetan, um für die kleinen Kinder ein Reduzieren der viel zu umfangreichen Rechenaufgaben, die in den kommenden Schulferien gelöst werden sollten, zu erwirken. Der Lehrer willigte ein, der für die Kinder schier unübersehbar hohe Rechenberg wurde auf ein überschaubares Maß gestutzt, bei dem die Freundin ihrem Sohn nun half: Wie teile ich mir das über die Ferien ein, wann mache ich was. So ein Einschreiten für mich wäre damals Balsam auf meine zum Gut-in-der-Schule-Sein getriebene Seele gewesen. Aber vielleicht machte man so etwas vor 40 Jahren nicht.

„Komm, wir spielen Fangen!", es war große Pause.
„Du bist zuerst dran!", eine Klassenkameradin zeigte auf mich.

Ich rannte unsicher irgendwohin. Sie wollen mich dabeihaben, dachte ich, ich darf mitmachen, nicht nur beim Seilspringen! Ich rannte, das kann ich gut, „Pass bloß auf!", rief ich einem Mädchen drohend zu und lachte.
„Komm doch, komm doch!", die anderen reizten mich.
„Und wie ich komme!", ich lief erst hinter einer her, dann hinter einem anderen.
Es machte Spaß, dabei zu sein, nicht immer schüchtern außen vor, weil ich kleiner und jünger war.
„Ich hab dich!", eine Klassenkameradin erwischte ich am Ärmel, sie wollte sich losreißen, es gab ein Gerangel, so etwas hatte ich bisher immer nur bei den anderen gesehen, ich war nie dabei gewesen.
„AAAUUUH!", die Klassenkameradin hatte sich losgerissen, war mit dem Kopf gegen eine scharfkantige Säule geprallt. Es blutete.
„Sie hat ein Loch im Kopf", ein Lehrer fuhr mit ihr zum Arzt, die Wunde musste genäht werden. Das Spiel mit Größeren war schwer.

Die Grundschule. Der Unterricht fand in meiner Sprache statt, Fasching gab es nicht. Wir lebten am Stadtrand, innerstädtisch gab es keine öffentlichen Verkehrsmittel, zur Schule mussten wir gefahren werden; es bildeten sich mitunter Fahrgemeinschaften. Auch in der Freizeit konnten wir nicht einfach Klassenkameradinnen besuchen; die wohnten kilometerweit von uns und voneinander entfernt, wir mussten gefahren werden, das ging nur manchmal, zu Kindergeburtstagen bei anderen Ausländern zum Beispiel.

Wir lasen viel; es gab riesige Mengen von Büchern bei uns im Haus. Besonders liebte ich, als ich etwas größer war, Michael Ende: Jim Knopf und Lukas der Lokomotivführer. Weil sie auf ihren abenteuerlichen Reisen mit der Lok Emma auch nach Ping kommen, in die Hauptstadt Chinas. Da wollte ich auch hin.

Aber jetzt war ich erstmal in Kaiserland. Wir lebten auf Haus und Garten beschränkt, das Gartentor wurde nur geöffnet, wenn ein Auto hinaus- oder hereinfahren wollte. Wir hörten und sahen die Kinder draußen, spielten aber nicht mit ihnen. Die Zwillinge hatten wohl am meisten Alltagsberührung mit der Welt der Kaiserländer, sie waren, sobald sie laufen konnten, immer mit dem Gärtner unterwegs, bauten und bastelten mit ihm, was gerade gebraucht wurde, und sprachen seine Sprache.

Ein gefällter Eukalyptusbaum diente uns als Spielzeug. Die Spitze ragte ein wenig in die Höhe, darauf ließ es sich gut wippen und das Reiten auf einem Pferd imitieren.

Eines Tages saß eine riesige Schildkröte vor unserem Gartentor. Oder stand sie? So ein Tier hatte ich noch nie gesehen und war sofort fasziniert. Bei uns hatte es keine Haustiere gegeben, und das hier war etwas anderes als die Kühe, Schweine und Pferde unserer dörflichen Nachbarn in Klonland. Mein erster Gedanke war, das Tier zu uns in den Garten zu holen, weil das ein geschützterer Raum war als die Welt da draußen. Und so puzzlete ich ihr einen Pfad aus Salatblättern. Ich dachte mir gewundene Wege aus und legte Muster ähnlich den Einträgen ins Gästebuch an meinem Geburtstag – oder glichen sie den chinesischen Schriftzeichen, die ich viele Jahre später erlernte? Ich bin mir nicht sicher. Die Schildkröte fraß sich geduldig von Blatt zu

Blatt ihren Weg in unseren Garten hinein. Da, wo sie entlanggegangen war, zeichnete sich am Ende ihr Weg als geplättete Grasstoppeln in Form geheimnisvoller Symbole ab. Langsam ging ich hinter ihr her und setzte mich manchmal auf ihren Panzer, um mich von ihr tragen zu lassen. Dabei beobachtete ich gebannt die Muster, die sie lief. Wollte sie mir etwas sagen? Oder hatte ich mit den Salatblättern intuitiv etwas gelegt, das ich der Welt sagen wollte? Diese Zeichen mussten eine Bedeutung haben, ich musste nur dahinterkommen, welche.

Meinem Vater dauerte das zu lang; er und der Gärtner hievten das schwere Tier auf eine Trage und transportierten es an eine Stelle weiter unten im Garten, wo sie ein Gehege aus Findlingen bauten. Ich fand das blöd. Warum durfte sie nicht in ihrem Tempo hingehen, wo immer sie wollte? Ich hätte ihr an der Stelle, für die sie sich entschied, ein Zuhause gebaut. In ihrem Gehege konnte die Schildkröte jetzt herumwandern, Gras fressen und Besuch empfangen – aber es war eben nicht ihr selbstgewähltes Zuhause. Trotzdem arrangierte sie sich damit genauso wie ich in Kaiserland. Ich ging nach der Schule immer als Erstes zu ihr, und wir unterhielten uns über mein Leben in Kaiserland und ihres in dem von großen Männern gebauten Gehege.

Ich liebte die Schildkröte: Wie unverwundbar sie mit ihrem Haus auf dem Rücken schien. Wie zielstrebig sie ihre Kräfte einsetzte, um gegen die aufgehäuften Großsteine ihres Geheges zu rammen und den Weg frei zu machen für die Welt dahinter. Wenn sie mal wieder aus ihrem Gehege ausgebrochen war, lockte ich sie mittels einer Straße aus Salatblättern dorthin zurück. Weil das ihr Zuhause war, so dachte ich. Ein ausgewachsener Mann konnte auf ihrem Panzer stehen, während sie gemächlich ihrer Wege ging.

Als ich die Schildkröte in den Schulferien auch am Morgen in ihrem Gehege besuchen wollte, hockte auf einmal ein Mann neben ihr, wie es nie ein Erwachsener tat, sie blieben immer stehen und beugten sich zu dem Tier hinunter. Der Mann hier hockte neben ihr und schien mit ihr zu kommunizieren. Er kam mir bekannt vor, ich kramte in meinem Gedächtnis, seine vollen Haare, die Schule, die Farbigen, die nicht bunt waren... richtig, es war vorher gewesen, die Faschingsfeier in Klonland ... der Peking Opa! Über der Reise nach Kaiserland und dem Schulanfang hatte ich ihn fast vergessen. Er war also mit nach Kaiserland gekommen! Ich hockte mich neben ihn, beobachtete mit ihm, wie das Tier sich seine Zehennägel lackierte. So ungelenk es wirken mochte – Pediküre war kein Problem für das Tier. Ich ahnte sofort, dass mir das niemand glauben würde, darum erzählte ich es weder in der Schule noch zu Hause. Es blieb mein Geheimnis, so wie der Peking Opa und dass er mit nach Kaiserland gekommen war. Alle wunderten sich, dass ich künftig auch an Wochenenden gern vor dem Frühstück schon zum Schildkrötengehege ging.

Später baute der Gärtner aus kräftigen Ästen eine hölzerne Einfassung für das Schildkrötengelände. Jetzt, stellte ich mir vor, endet ihre Welt zumindest optisch nicht mehr an aufgetürmten Steinen, durch die Holzstäbe kann sie die Welt da draußen sehen, sie durchbrach die neue Einfassung nicht mehr. Vielleicht war sie auch einfach nur klug genug, den Kampf mit einem stärkeren Gegner, der Holzeinfassung, gar nicht erst aufzunehmen. Von diesem Tier konnte ich viel lernen.
Am rechten Hinterbein wuchs ihr irgendwann eine Geschwulst. Sie muss bei jedem Schritt am Panzer gescheuert haben, das tat bestimmt weh. Aber da wir nie ein Haustier gehabt hatten, wuss-

te ich nicht, dass es Tierärzte gab. In Kaiserland gab es sowieso keine Ärzte für nutzlose Tiere. Und den Erwachsenen schien die Schildkröte nutzlos.

Ein schützendes Gehäuse um mich herum, in das ich mich jederzeit zurückziehen kann, wenn mir die Welt zu bedrohlich wurde, das wäre gut, sinnierte ich. Nein, die Schildkröte war kein Schmusetier zum Streicheln, aber ich sehnte mich nach so viel Unangreifbarkeit und Schutz. Vielleicht hätten sie mich vor dem Unwesen, das das Wesen mit mir trieb, bewahren können.

Sonntags gingen wir zur Kirche, in eine internationale, englischsprachige. Der Gottesdienstbesuch gehörte zum Sonntag wie die Schule zum Alltag; ich habe das nie hinterfragt und auch keine besondere Erinnerung daran. Es war Sonntagsroutine und -pflicht. Einmal zu Weihnachten sang ich in der voll besetzten Kirche „Stille Nacht, heilige Nacht", allein und vor der ganzen Gemeinde, das erinnere ich. Und dass ich mich fragte, wie die Organisatorin ausgerechnet auf mich kommen konnte. Vorn stand eine Reihe kleiner Schulkinder, die das Lied in der je eigenen Sprache zu Gehör brachten. Ich glaube, wir übten eine Woche vorher.

„Jetzt müssen sie doch merken, dass ich nicht gut genug bin", dachte ich. Aber nichts geschah.

Es hat mich tief beeindruckt, dass es dieses Lied, das ich nie besonders mochte, auch auf Mbum gibt, einer Sprache Zentralafrikas. Und ich sollte vor der Gemeinde stehend ein Solo singen? Dazu empfand ich mich als viel zu farblos und unfähig. Die

Hausangestellte Yasmin half, mein gefühltes Aschenputtel-Ich zu einer schönen kleinen Sängerin herauszuputzen. Als ich vor der Gemeinde stand, stellte ich mir einfach vor, dass die Schildkröte neben mir saß. Ihr Panzer gab auch mir Kraft und Schutz. So kam ich irgendwie durch dieses Lied und vielleicht war es auch egal, ob ich gut oder schlecht sang. Weihnachten finden Erwachsene es schön, wenn Kinder singen.

Mit meinen Brüdern spielte ich ein Detektivspiel, in dem die Rollen fest besetzt waren: Andy, Ron, Charles und Ben. Unsere „Fälle" dachten wir spontan aus und ließen sie sich im Verlauf jedes Spiels weiterentwickeln. Unsere Inspiration waren die zahllosen Bücher, die meine Brüder und ich lasen, angereichert mit technischen Details, die sie irgendwelchen Autokatalogen entnahmen, die Handlungen phantasievoll ausgestaltet durch die Verwendung selbst gebauter, raffinierter Auto- oder Flugzeugmodelle, deren Konstruktion mehrere Tage in Anspruch nehmen konnte, während derer der aktuelle Fall ruhte.

Die angelsächsischen Vornamen fanden wir wahrscheinlich „cool", auch wenn wir diesen Begriff noch nicht kannten.

Die Brüder und ich hatten unsere Zimmer im Keller, so fühlte es sich beim Hinabsteigen der Treppe an. Das Haus war in Hanglage gebaut, es gab aus dem Keller einen Gartenausgang zu ebener Erde. Dennoch fühlte ich mich bei Tageslicht mit Andy & Co. zwar wohl, nachts aber verdrängt von der Nähe der Eltern, vom Wohn- und Esszimmer mit dem Kamin abgeschnitten, abgeschoben in den feuchtkalten Keller. Vielleicht ahnte ich etwas von dem Unwesen, das das Wesen mit mir trieb, sodass meine Träume zu Albträumen wurden. Viele Jahre später, wir sind erwachsen, berichtet das Wesen, es sei genau in dieser Zeit ab und zu nachts in mein Zimmer gekommen, um meinen Körper abtastend zu befühlen. Erfahren habe ich es erst 20 Jahre später und vor Schreck sofort wieder vergessen.

Dann hatten meine Brüder und ich noch unser „Lager", einen Raum im ehemaligen Dienstbotenhaus. Ein einfacher gemauerter Raum ohne fließendes Wasser darin, auf dessen Wellblechdach in der entsprechenden Jahreszeit das ohrenbetäubende Prasselkonzert des Regens mein Gefühl von Heimlichkeit und Wichtigkeit unseres Hier-Seins noch verstärkte. Der wesentliche Zweck des Lagers bestand wahrscheinlich darin, es vor anderen, vor allem den kleineren Geschwistern, geheim zu halten, weswegen wir Stolperdrähte spannten, die wir allerdings wieder deinstallieren mussten, nachdem der Nachtwächter darüber gestürzt war.

Ich war neun Jahre alt, als wir mit Verwandten und Freunden eine Reise durch den Norden und Osten Kaiserlands machten. Wir hatten einen Kleinbus mit Fahrer gemietet, es war sehr aufregend. Meine Mutter blieb mit den beiden Kleinen und Yasmin zu Hause, um in Ruhe weiter zu arbeiten. Die für Erwachsene bestimmt sensationellen Sehenswürdigkeiten und atemberaubenden landschaftlichen Höhepunkte waren für mich die Kulisse für eine lustige, unbeschwerte Reise mit vielen aufregenden Erlebnissen und ohne Albträume.

In einem kleinen Ort verhinderte ein improvisierter Schlagbaum unsere Weiterfahrt.

„Perhaps they will shoot him down", antwortet der Beifahrer auf unsere Frage, was mit dem abgeführten Busfahrer geschehen werde.

Ich sitze derweil neben meiner Patentante hinten im Bus und beobachte, dass mindestens ein LKW hinter uns anhält, der Fahrer den Motor abstellt, es sich in seiner Kabine gemütlich macht und offenbar auf eine längere Wartezeit eingestellt ist. Die Dorfbewohner haben diese „Mautstelle" wohl als lukrative Einnahmequelle entdeckt, kassieren von einem Busfahrer mit vielen Ausländern an Bord vielleicht besonders viel Geld – aber das verhandelt unser Fahrer, wir wissen es nicht. Hinter uns stehen schon mehrere LKW Schlange, die Fahrer legen sich in ihren Führerhäuschen zur Ruhe, sie kennen das Procedere wohl schon. Alles wirkt wie ein großes Spiel. Die Erwachsenen diskutieren im Scherz, ob wir im Ernstfall eher auf den Arzt (ein mitreisender Freund meiner Eltern) oder den Pastor (meinen Vater) verzichten könnten – falls die Banditen jemanden verhaften oder erschießen wollten. Dinge dieser Art spiele ich sonst mit meinen Brüdern, es hat in der Realität mehr Nervenkitzel und fühlt sich umso gruslig spannender an, je dämmriger es draußen wird.

Als der Schlagbaum sich nach zähen Verhandlungen schließlich für uns hebt und wir weiterfahren, rappelt sich der Fahrer des LKW hinter uns flugs auf, lässt seinen Wagen an und heftet sich an unsere Stoßstange, um ohne „Maut" weiterzukommen.

Es ist wie die Reise in eine andere Welt: Ich bin dabei, muss keine Leistung bringen, es quälen sich gegenseitig und mich keine anderen Kinder, geborgen im Arm der Patentante erlebe ich

aufregende Dinge mit, viel realistischer als bei unseren Spielen im Keller, denn es sind keine Spiele.
Aber irgendwann ist die Traumreise zu Ende, ich plumpse zurück in den Schulalltag.

BATSCH! Frau Radecke klapste mir auf die Finger, mit denen ich, die Ellenbogen auf den Tisch vor mir gestützt, meine kurzen Stirnhaare zu Zöpfchen flocht. Es war Sachkundeunterricht, vielleicht hatte ich mich in die wärmenden Arme der Patentante zurückgeträumt, aus denen Frau Radecke mich jäh herausreißt.

„Ja sage mal, spinnst du?", ich höre noch ihre böse Stimme, sehe ihre roten Haare.

Ich schrecke zusammen, mir wird heiß, falsch, wieder alles falsch gemacht, dabei war ich doch nur kurz in meine Welt eingetaucht, hatte die Schulklasse um mich herum vergessen, den Unterricht, war bei und in mir gewesen, keine Lehrerin, keine anderen Kinder, nur ich und meine Welt.

BATSCH! Was für eine Demütigung, ich habe nichts Böses getan, nur meinen Gedanken nachgehangen und harmlose Zöpfchen geflochten.

Meine Seele beschließt, zu meinem Schutz einen Vorhang vorzuziehen, die verwirrende Welt da draußen auszugrenzen. Einen graubraunen Vorhang, durch den ich meine Umwelt nicht mehr so schmerzhaft klar sehen muss.

Die Spiele der anderen machen mir Angst. Vor allem die Jungsspiele: Einer stellt sich vor den anderen hin, drückt dem ihm gegenüberstehenden Jungen die Halsschlagadern zu, bis er umkippt. Eine Art Mutprobe. Ich ziehe meinen Vorhang weiter zu.

In Kaiserland bin ich das „Augensternchen" unseres Vaters. Das Augensternchen ist die Lieblingstochter, kann den Vater gut um den Finger wickeln, fühlt sich ihm zeitlebens sehr nah, obwohl er erst in seinem Ruhestand wirklich Zeit für mich hatte. Aber vom Augensternchen wurden auch immer Höchstleistungen erwartet.

„Schau mal", sage ich stolz. „Ich habe die Geschichte vom barmherzigen Samariter gemalt." Ein schönes Bild, finde ich, mit Eukalyptusbäumen und einer Schirmakazie. Ich weiß, dass biblische Geschichten meinem Vater wichtig sind und schenke ihm das Bild.

„Toll", höre ich den Peking Opa meinem Vater vorsagen. „Ein sehr schönes Bild, sag ihr das!" Mein Vater, in Gedanken bei der nächsten Dienstreise, hört nicht richtig zu.

„Gut", sagt er. „Dann brauchst du jetzt nur noch die Geschichte dazu aus der Bibel abzuschreiben." Da!, da ist es wieder, es ist gut, aber nicht gut genug, denke ich. Das ist die Botschaft meiner Kindheit. Ich ziehe den Vorhang dichter zu.
Ein anderes Spiel: Einem oder einer Ahnungslosen wird ein entzündetes Feuerzeug so lange unter den Hintern gehalten, bis die Hitze durch die Jeans steigt, das Opfer erschreckt zur Seite springt und sich die angekokelte Hose am Po reibt. Eine Zeit-

lang drehe ich mich in der Schule andauernd um, es könnte ja jemand mit dem Feuerzeug hinter mir stehen.

Enger und immer dichter ziehe ich den Vorhang zu, verkrieche mich dahinter, das tut gut, niemand stört mich, keine anderen Kinder mit unverständlichen Spielen, keine Erwachsenen, denen ich sowieso nie alles recht machen kann, keine Rechenaufgaben. Ich richte es mir gemütlich ein hinter meinem Vorhang. Aber irgendwann ist er so dicht, dass ich nicht mehr lesen kann, was an der Schultafel geschrieben steht. Reihe für Reihe lasse ich mich in den nächsten Tagen und Wochen weiter nach vorn setzen, bis ich schließlich auch in der ersten Reihe sitzend die Aufgabe nicht entziffern kann.

Die Klasse lacht laut. BATSCH! Wieder so eine Demütigung. Es war so friedlich hinter meinem Vorhang gewesen, da hatte ich die Außenwelt vergessen können. Aber es gab sie noch, so feindlich wie eh. Das Gelächter der Mitschüler bringt es mir zu Bewusstsein. So drängend, dass ich Mutter und Vater von dem Vorhang erzähle, in ihnen verständlicher Sprache.

„Ich sehe immer Striche und Punkte", besser vermag ich das Auf und Zu des Vorhangs, das sich inzwischen verselbständigt hat, nicht zu beschreiben. „Ja, die bewegen sich hin und her, und wenn ich versuche, schnell an ihnen vorbei zu schauen, sind sie schon da, und ich kann wieder nicht richtig sehen."
„Wir gehen zum Augenarzt."

Da sowieso der Heimaturlaub ansteht, werden weitere Untersuchungen in Klonland gemacht. „Iridocyclitis", der Name brennt sich in meine kindliche Seele ein, und: „Eine Krankheit, die zur Erblindung führt, wenn sie nicht behandelt wird." Bei mir wird sie behandelt, auf den Urlaubsfotos bin ich mit Cortison-geblähten Pausbacken zu sehen. Das Medikament schlägt an, der Vorhang verschwindet, ich sehe wieder brutal klar.

„Habt ihr darüber nachgedacht, was diese Krankheit bedeuten könnte?", fragt der Peking Opa meine Eltern. „Vielleicht hat die Seele der kleinen Eva sie aus einem bestimmten Grund kreiert." Ich hatte keine Worte für den Vorhang und warum ich ihn zuzog, die Eltern hörten den Peking Opa nicht.

In den Schulferien verreisten wir manchmal. Ich erinnere mich an diese Wüste aus Kaiserschnee, in der es heiße Quellen und die Möglichkeit heißer Bäder in den Hotelzimmern gab. In dem heiß aus dem Boden sprudelnden Wasser wurden heilende Kräfte gesehen, daran glaubten die Bewohner der Schneewüste fest. Das war für mich nicht so spannend – aber der Kaiserschnee war herrlich. Er schillerte regenbogenbunt, war lockerleicht wie Wattekonfetti, es ließ sich fabelhaft darin toben und turnen. Wenn er schmolz, hinterließ er kunterbunte Pfützen, in denen wir gern herumsprangen, bis wir in Wolken bunten Wattekonfettis eingehüllt waren. Nur rodeln und Schneemänner bauen funktionierte nicht, stattdessen umspülte uns sommerliche Wärme, erst nach Sonnenuntergang wurde es selbst den Mücken zu kalt.

Das Hotel war wohl ein Palast des Königs von Kaiserland, oder zumindest ein Hotel für ihn, die Bäder aufwendigst mit Mosaiken aus winzigen Kächelchen ausgekleidet. Ich glaube, den König von Kaiserland in seinem wehenden elfenbeinfarbenen Gewand sogar einmal gesehen zu haben, aber meine Eltern meinten, das könne gar nicht sein, weiß sei in Kaiserland die Farbe der Trauer, so etwas trage er bestimmt nicht am Ferienort.

Einmal saß ich in dieser königlich prachtvollen Badewanne, aber wieso mir gegenüber plötzlich dieses Wesen mit der lila Wurst zwischen den Beinen? Ich sollte die Wurst anfassen, widerlich, ich stieg aus der Wanne und ging. Längst zurück in Klonland kommt das Wesen Jahre später darauf zurück, ich bin schon fast Frau:

„Sollen wir noch einmal gemeinsam baden, wie damals in der Badewanne in Kaiserland? Das war doch schön."
„Nein!!" Es schüttelt mich. Wenn ich damals in Kaiserland auf meine Seele gehört hätte, dann wäre mein Protest genau so entschieden ausgefallen – statt peinlich berührt einfach nur wegzugehen.

Wir nannten Myriaden winziger bis riesiger Insekten, die in der viele Stunden dauernden Abenddämmerung die vereinzelt stehenden Laternen umschwirrten, „Säugetiere". Sie waren nach der Hitze des Tages besonders hungrig und wir hatten alle Mühe, uns der Mücken zu erwehren. Auf dem Schoß von Yasmin zu sitzen, zusammengerollt an ihre Brust gekuschelt, an einem lauen Schneewüsten-Abend die Säugetiere zu beobachten und das Kaiserbier ihre Kehle hinuntermurmeln zu hören: Der Inbegriff von Geborgenheit.

Irgendwann beginnen diese Albträume: Ich muss vor einem großen, schwarzen, meist haarigen Ungeheuer wegrennen, stehe schließlich oben an einer Klippe oder auf einem Hochhaus und muss in den Abgrund springen, wenn ich nicht verschlungen werden will. Morgens wache ich neben dem Bett auf, in meinem Kellerzimmer.

In immer neuen Variationen der immer gleiche Albtraum. Abends die Angst einzuschlafen. Widerwillen gegen das gefühlt feuchtkalte Kellerloch. Vielleicht lösen die dutzenden von Gläsern mit bunt schillernden Flüssigkeiten im Labor nebenan die Albträume aus, denke ich.

Vater geht auf Dienstreise, ich darf bei Mutter im Bett schlafen, wird mir versprochen. Einmal nicht im Keller, einmal in der Wärme des elterlichen Bettes! Aber dann, kurz vorm Schlafengehen, der Vater ist zurück. Irgendetwas ist schiefgegangen, die Reise fällt aus.

„Tut das nicht", sagt der Peking Opa, „schickt sie nicht zurück in ihr Bett."

Aber sie tun es: Ich muss zurück in den Keller, ins Schlafzimmer neben dem Labor, in dem ich diese Albträume habe und das für mich deshalb selbst schon zum Albtraum geworden ist. Ich wollte nie wieder in den Abgrund springen müssen, nie wieder von einem Monster verfolgt werden, nie wieder neben dem Bett auf dem harten Fußboden aufwachen. Wer weiß, was für Wesen zwischen diesen regenbogenbunten Chemikalien herumgeistern, sie sind bestimmt der Grund für meine Albträume, dachte ich. Sie kommen nachts heraus wie der Geist aus der Flasche, stellte ich mir vor, und hetzen mit übergestülptem haarigem Kapuzenumhang hinter mir her. Dass ein ganz anderes Wesen mich Nacht für Nacht aus dem Bett fallen ließ, erfahre ich erst zwanzig Jahre später.

Meine Abreise aus Kaiserland findet Hals über Kopf und ohne Familie, nur mit meinem Vater statt, und das kam so: Ich stehe früh auf und sehe rot. Ob das Wesen in dieser Nacht auch bei mir war, ich meinen üblichen Albtraum hatte und aus dem Bett gefallen bin, ich weiß es nicht mehr. Sicher ist: Blinzeln, Augen reiben, immer wieder Augen schließen und öffnen, es hilft nicht, alles sieht rot verfärbt aus. Ich ziehe mich an und gehe in die Küche hinauf. Dort stelle ich mich zunächst neben denKüchentisch, meine Mutter hinter mir, um meine langen Zöpfe zu flechten, wie jeden Morgen.

„Mutter, mit meinen Augen stimmt etwas nicht, alles ist rot", es ist Montagmorgen.
„Wie bitte?"
„Ich sehe alles rot."
„Du hast bestimmt etwas im Auge."
„Nein, ich habe schon daran gerieben, es ist kein Fussel oder sowas."
„Lass mal sehen... es sieht ganz normal aus." Der erste Zopf ist fertig.
„Aber es ist so ein blödes Gefühl, nicht richtig zu sehen."
„Ich weiß. Aber jetzt iss erstmal deinen Haferflockenbrei und geh in die Schule. Wenn es heute Mittag nicht besser ist, gehen wir zum Arzt." Inzwischen ist der zweite Zopf fertig.
Ausgerechnet an diesem Morgen kam Yasmin erst später und konnte mir kein Toastbrot auf dem Dach bügeln. Ich hatte ihr einmal anvertraut, dass ich den ewigen Haferflockenbrei zum Frühstück nicht mehr sehen mochte, und seitdem kletterte sie morgens mit Toastbrot und Bügeleisen auf unser Flachdach und brachte mir anschließend goldgelb gebügeltes Toastbrot an den Frühstückstisch, das ich dann mit Marmelade oder Nutella be-

strich und genussvoll aufaß. Meine Geschwister, fiel mir irgendwann auf, schienen nichts von alledem mitzubekommen. Sie löffelten weiter ihren Haferflockenbrei. Ausgerechnet an dem Tag, als ich am Morgen rot sah, kam Yasmin später, und ich musste wie alle diesen ewigen Haferflockenbrei essen.

Natürlich, ich darf mich nicht so wichtig nehmen, das bisschen rot sehen, anderen Menschen geht es viel schlechter, das sah ich täglich auf der Straße. Wir Kinder wurden in die Schule gefahren.

Eine Unterrichtsstunde nach der anderen verging, es wurde nicht besser. In der letzten Stunde Sport, Geräteturnen. Ich rannte gegen einen Bock, weil ich ihn nicht gesehen hatte, die Mitschüler lachten mich aus, es war grauenhaft. Am Nachmittag gingen meine Eltern mit mir zu einer Augenärztin. Dort sah ich ein etwa gleichaltriges Mädchen im Wartebereich sitzen, eine Einheimische, der hunderte kleiner Würmer um die Augen herum wuselten, mir wurde bewusst, wer hierherkommt, ist ernsthaft krank. Und: Anderen geht es viel schlechter als mir.

Die Ärztin stellte eine Glaskörperblutung fest und dass ich umgehend nach Klonland geflogen werden müsse, weil sie nichts tun könne. Das Auge wurde mit einer Art Mullbinde zugeklebt, damit ich nicht länger rot sah.

Nun ging alles sehr schnell: Meine Eltern organisierten einen Kinderpass für mich – ich war elf Jahre alt - Donnerstag saß ich im Flugzeug nach Klonland, mit Vater. Die Albträume kamen nie wieder. Der Horror ging anders weiter.

Zum ersten Mal, so kommt es mir vor, erblickte ich mit Dachziegeln gedeckte Häuser. Ich hatte vergessen, dass es so etwas wirklich gab. In den fünf Jahren zuvor hatte ich nur spitz strohüberdachte runde Lehmhütten, Tukuls, oder Stein- und Lehmhäuser mit flachen Wellblechdächern gesehen. Rote Dachziegel kannte ich nur aus Büchern.

Etwa zwei Wochen in der Augenklinik, Kinderabteilung. Ich musste eine dunkle Brille mit je einem winzigen Löchlein in der Mitte jedes schwarzen Kunststoff-Glases tragen. Damit ich nur geradeaus sehe, wurde mir erklärt. Irgendwelche Tropfen und Salben noch, aber im Wesentlichen schienen die Ärzte ratlos zu sein. Erwachsene Besucher waren furchtbar besorgt und bedauerten mich, aber ich fand mich gar nicht so bemitleidenswert. Da war diese etwa Dreijährige auf der Station, der die Windpocken auf die Augen geschlagen hatten und die fast blind war. Sie freute sich so, wenn ihre Eltern sie besuchten, und war herzzerreißend verzweifelt, wenn sie wieder gehen mussten; dann schloss sich die Stationstür hinter der Mutter, die junge Frau hörte ihre Tochter dahinter weinen und schreien, kam zurück, die Tochter freute sich, die Mutter ging wieder, die Tür schloss sich, das Mädchen schrie noch verzweifelter, die Mutter kam zurück, weil es ihr natürlich das Herz brach... drei, vier, fünf Mal ging das so.

„Geh doch einfach, wir trösten die Kleine, nur nicht dieses Hin und Her!", wollte ich der Mutter sagen.
Aber ich war elf, ich hatte einer verzweifelten Mutter nichts zu sagen.

Wenn mein Vater kam, malten wir manchmal mit dicken Filzstiften Bilder – dick deshalb, weil die Augentropfen mich dünnere Linien nicht erkennen ließen.

„Das Tier deiner Kindheit", sagte mein Vater und malte mit Schwung eine Art Hügel mit angedeuteten Sechsecken darauf auf das bereitliegende Blatt Papier. Ich verstand sofort und ergänzte vorne und hinten die Beine und Füße der Schildkröte. Vater nickte.
Da griff ich zu einem Rotstift und malte ihr rote Zehennägel an die Vorderfüße.
Mein Vater nickte wieder: „Sie hat Zeit für so etwas, sie muss nicht arbeiten."
Ob er das Tier auch einmal bei seiner Pediküre beobachtet hatte? Ob er sich auch zu ihr hinhockte, statt auf sie herabzusehen? Plötzlich umgab uns ein Zauber, für einen Augenblick schwebten wir wie zwischen Kaiserland und Zauberland. Zauberland existierte wohl nur in meiner Phantasie, in Zauberland gab es keine Rechenkästchen, keine lila Würste, keine Albträume. Kannte mein Vater Zauberland?
„Die Esel in Kaiserland haben es schwerer, sie werden als Reit- und Lastentiere gebraucht."
Peng – zerstob jählings der Zauber, mein Vater war wieder ganz in der Realität. Aber das kannte ich ja, ich kann leicht hinüberwechseln, andere offenbar nicht:
„Ja, ich mag Esel", ging ich auf ihn ein. „Bist du mal auf einem geritten?"
So hatten mein Vater und ich nie vorher und nie nachher zusammen gesessen und mit den Welten jongliert.

Beim nächsten Besuch schenkte mein Vater mir einen Stoffesel mit Schildkröte auf dem Rücken. Er war mit in China und steht bis heute auf meinem Regal.

Zurück nach Kaiserland durfte ich nicht, die Mediziner meinten, ich solle zur Sicherheit in der Nähe kompetenter Ärzte bleiben, das hieß in Klonland.

Wohin? Die Patentante nahm mich auf. Ich genoss bei ihr die ungewohnten Vorzüge des Einzelkind-Daseins, ungeteilte Aufmerksamkeit der Tante, deren drei Kinder erwachsen und aus dem Haus waren. Tante Maria hörte sich meine Sorgen an: Was wohl aus Yasmin, Gärtner und Nachtwächter in Kaiserland würde, wenn wir nicht mehr da wären? Aus der Schildkröte? Yasmin kam später auch nach Klonland, aber das wusste ich damals noch nicht.

Mir wurde abends am Bett vorgelesen, Manfred Hausmann, Martin. Es sind Geschichten aus einer heilen Welt, Einblicke in eine glückliche Familie mit mehreren Geschwistern und liebevollen Eltern, Geschichten, die mich tief anrührten. Denn ich wusste, dass ich in der Ferne eine Familie hatte und jetzt in der Nähe die Wärme und Aufmerksamkeit, die mir dort bisweilen fehlten.

Nicht nur aufgrund der Einzelkindsituation erlebte ich ein anderes familiäres Zusammensein als in meiner Ursprungsfamilie. Der Ehemann meiner Patentante war zwar physisch genauso unnahbar wie mein Vater, Kuscheln gab es nicht, aber er war nicht immer auf Dienstreise. Er kam jeden Tag nach Hause, um zumindest das Abendessen mit uns einzunehmen, das war für mich neu.

Ein Milchzahn fiel aus, wahrscheinlich der letzte. Ich wollte ihn einpflanzen und erklärte meiner Patentante die von meinem Vater begründete Tradition: Ein ausgefallener Milchzahn wird in einen Blumentopf „eingepflanzt" und regelmäßig begossen, damit etwas daraus wachse. Bei meinem ältesten Bruder wuchs seinerzeit, ich weiß es nur aus Erzählungen, eine Rotorschraube. Mein Bruder goss weiter und wartete, es wuchsen der Bauch eines kleinen Hubschraubers und wenig später die Kufen, er war ausgewachsen. Später wuchsen dann einfachere Dinge aus unseren Zähnen, manchmal sogar auf Wunsch, der Zahnwechsel jedenfalls erfuhr einen deutlichen Lustgewinn.

Bei meiner Patentante damals wuchs ein Flummi aus meinem Zahn, auf meine Anregung hin.

Der Onkel an der Seite der Patentante, Mathematiklehrer am Gymnasium, er mochte es nicht, dass ich Türen offen stehen ließ, deshalb setzte er mir den Sinn der Erfindung „Tür" auseinander:

„Wenn es nur um einen Durchgang ginge, genügte ein hinreichend großes Loch in der Wand. So etwas gibt es auch."
Stimmt, das hatte ich schon gesehen.
„Aber an einigen Stellen", fuhr der Onkel fort, „wollen die Menschen, vielleicht weil es wärmer ist, eine feste Wand haben, durch die sie gelegentlich hindurch gehen möchten, um ins Haus hinein, aus ihm heraus oder von einem Zimmer ins andere zu gelan-

gen. Dafür gibt es Türen. Um sie zu öffnen, durchzugehen und wieder zu schließen." Aha, dachte ich beeindruckt.

„So etwas haben wir in unserer Wohnung auch. „Schau, wenn ich Arbeiten korrigieren muss und du im Wohnzimmer nebenan die ‚Sesamstraße' siehst, dann geht das nur bei geschlossener Tür, sonst wäre ich abgelenkt." Stimmt, die Tür hatte er mich schon oft aufgefordert zu schließen, wenn er am Schreibtisch saß. „Andererseits", fuhr er fort, „möchte ich auch mal vom Arbeitszimmer zu dir ins Wohnzimmer gehen, dazu mache ich die Tür auf." Ja, das leuchtete mir ein.

„Oder wenn Tante Maria kocht", es ging weiter, „dann soll der leckere Geruch in der Küche bleiben. Darum macht sie die Tür zu." Stimmt, dachte ich, ich helfe ihr dann meist, alles ins Esszimmer zu tragen.

„Wenn unsere Enkel kommen, dann ist es auch schön, wenn sie ein Zimmer für sich haben." Ja, ich machte auch manchmal ganz gern die Tür hinter mir zu.

Ich war platt. Noch nie hatte mir jemand einen einfachen Sachverhalt so sorgfältig erklärt, sich so viel Zeit genommen, so viele Gedanken gemacht. Statt einfach zu sagen: „Mach die Tür zu!" Ich glaube, bei Onkel und Tante ließ ich nie wieder eine Tür offen stehen.

Der Onkel war Hobby-Astronom, er bot an der Schule eine Arbeitsgemeinschaft Astronomie an, es gab eine Sternwarte im Dachgeschoss der Schule. Die durfte ich mir ansehen. Stundenlang hielt ich mich im Dachgestühl der Schule auf, sah mir alle Mondkrater an, eine faszinierende Welt. Kein Lernenlernenlernen, kein Rechnen, kein Haferflockenbrei. Ich malte ab, was ich im Fernrohr sah, und lieh mir in der Schulbibliothek einen

Mondatlas aus. Die Fotos und Zeichnungen waren nie farbig, aber ich stellte mir eine kunterbunte Schneewüste wie in Kaiserland vor.

Ich glaubte Fußspuren zu sehen, phantasierte mich in ein Leben auf dem Mond hinein. Da! Rutschte dort nicht jemand in einer bunt wirbelnden Mondschneewolke den Hügel hinunter? Ein Gewusel aus Wattekonfetti umhüllte die Gestalt, die sich zu einer freundlich winkenden Person umzudrehen schien.

Rückblickend denke ich heute, dass der Peking Opa mir vom Mond aus ein einladendes Zeichen gegeben hat, doch das habe ich damals nicht gesehen oder nicht verstanden.

Bei der Patentante lernte ich bäuchlings auf einem kuscheligen Schaffell liegend die Mainzelmännchen des ZDF kennen. Bis heute begrüßen wir uns am Telefon in Mainzelkrächzermanier:

„Guten Abend!"

Einem Millionenpublikum bekannt und unverwechselbar, es bedarf keiner Namensnennung, ein krächziges „Guten Abend" ist die Patentante.

Völlig neu bei der Patentante: Ich ging zu Viets, dem Laden ein paar Straßen weiter, kaufte im Auftrag der Tante ein.

„Ein Viertel Leberwurst", las ich vom Zettel ab, und staunte, dass die Verkäuferin etwas damit anfangen konnte.

„Ein Viertel Leberwurst?", dachte ich. „Das ist doch unpräzise. Muss ich der Patentante das erklären?" Es kam doch darauf an, wie groß die Leberwurst war, dann erst ist ein Viertel davon definierbar. Wusste sie das nicht?

Aber die Verkäuferin an der Wursttheke wog ohne zu zögern ein Stück Leberwurst ab, keine Ahnung, ob es ein Viertel der ganzen Wurst war, ich bezahlte, bekam die Ware und ging zu Fuß wieder nach Hause. Später ließ ich mir von der Patentante erklären, dass „ein Viertel" die Kurzform für „ein Viertel Pfund" sei.

Bisher kannte ich nur das Autofahren zu einem für mich unübersichtlich großen Supermarkt mit Stapeln abgepackter Ware in großen Regalen und riesigen Einkaufswagen – beim kleinen Laden VIETS gab es nur Körbe. In Kaiserland fand jeder Einkauf mit dem Auto und unter Regie der Eltern statt, nie allein.

Die Ärzte sagten, ich dürfe nur drei Unterrichtsstunden pro Tag die Schule besuchen. Um mich nicht zu überanstrengen. Was für ein Traum! Ich war der Star der Klasse, eine Art Gasthörerin aus Kaiserland. Ganz ungewohnt war, dass ich zu Fuß zur Schule gehen konnte, nach ein bisschen Üben sogar allein. Mein Aktionsradius erweiterte sich.

Und dann: Ein Freund, etwas älter als ich, brachte mir das Fahrradfahren bei. Er fragte:
„Warum kannst du das nicht?"
„Weil wir in Kaiserland immer mit dem Auto gefahren werden, die Wege sind zu weit und die Straßen zu schlecht."
„Mensch, du hast es gut, du warst in Kaiserland."
„Dafür kannst du Fahrrad fahren." Mir kam das viel nützlicher vor.
„Na gut, du warst in Kaiserland, ich kann Fahrrad fahren, es steht eins zu eins. Aber wenn du dann in Kaiserland warst und Fahrrad fahren kannst, dann hast du gewonnen."

Ich lernte Fahrrad fahren. Und ich liebte es, vor allem später in China.

Drei Monate danach hatten Geschwister und Eltern den Riesenumzug bewältigt und kamen auch nach Klonland. Sie hatten die Arbeit, ich konnte mich nicht verabschieden. Auch eins zu eins?

Es scheint später kaum vorstellbar, dass die Zeit mit dem kleinen Martin und seiner glücklichen Familie, mit nur drei Schulstunden am Tag und mit wundervollen Ersatzeltern nur drei Monate gewährt haben soll. Aber so steht es im Kalender.

Sie kommen nach Klonland, meine Familie ist wieder hier, nach den Sommerferien beginnt der Alltag mit 'vollem Schulprogramm. Die Schonfrist ist vorbei, jetzt muss ich jeden Tag in den Unterricht. Wieder werde ich zur gefühlten Außenseiterin, weil ich die Jüngste bin, weil es gewachsene Freundschaften aus der Grundschule gibt: Die Klasse besteht aus zwei oder drei Freundeskreisen und mir. Ich lerne neu, was ich fast vergessen hatte, es gibt vier Jahreszeiten; der hohe, weite Himmel über Kaiserland ist nicht mehr da, es gibt keine bunte Schneewüste, nur kalten weißen Schnee mit Eis. Das Wunderbarste für mich: Yasmin ist mit nach Klonland gekommen.

Als die ganze Familie aus Kaiserland zurück war und wir wieder in Klonland zusammen lebten, besuchten wir eine amerikanische Gemeinde; die Gottesdienstbesucher waren jünger und so bunt gemischt, wie ich es aus Kaiserland kannte. Ich war gern dabei, aber bei einer kleinen szenischen Darstellung für die kleineren Kinder eine Rolle übernehmen, im Gottesdienst und vor dem Altar, das war zu viel. „Stille Nacht, heilige Nacht" vor dem

Altar singen, das hatte ich zuvor üben können. Aber jetzt sollte ich interagieren, mit anderen Kindern, auf Englisch, das traute ich mir nicht zu, selbst dann nicht, als eine etwas ältere Mitspielerin mir Mut zu machen suchte. Ich spielte bei dem Sketch nicht mit. Aber ich mochte die sonntagvormittäglichen Ausflüge zur amerikanischen Kirche. Es wurde gesungen, der Friedensgruß getauscht, ich schwamm in der Gruppe geborgen mit, ohne dass jemand etwas von mir verlangte, jahrelang.

Eines Nachts wache ich auf, es steht neben meinem Bett, das Wesen aus der Badewanne in der Schneewüste ist mit nach Klonland gekommen. Im Dunkeln steht es neben meinem Bett, groß, übermächtig, drückt auf dem Ansatz meiner Brüste herum, ich erstarre, das ist meins, schreit meine Seele, meine Brust, mein Körper, das da unten, für das ich keinen Namen habe, das ich selbst nur tastend und zögernd mal angefasst und dann neugierig an meinen Fingern gerochen habe, es ist unaussprechlich, aber es gehört mir, nur mir. Meine Eltern haben auch keinen Namen dafür, seit jeher haben wir Waschlappen und Handtücher für „obenrum" und „untenrum", und mit „untenrum" sind nicht die Füße gemeint, die dürfen benannt werden. Oder ich soll mich beim Baden auch „untenrum" gründlich waschen, nicht vergessen!

Das Wesen steht immer noch neben mir. Ich tue so, als schlüge mein Herz nicht, nur nichts fühlen, dann ist es hoffentlich schnell vorbei. Nie wage ich darüber zu sprechen, zu groß sind Scham wie auch die Angst auf taube Ohren zu stoßen.

Jahrzehnte später stoße ich mit meiner Geschichte von den nächtlichen Besuchen des Wesens tatsächlich bei allen Familienmitgliedern auf taube Ohren, allerdings um Längen grausamer als befürchtet: Alle oder fast alle wissen von den jahrelangen

Taten des Wesens, finden sie aber nicht so schlimm. Meine Seele schreit auch viele Jahre später noch, wünscht sich so sehr, dass ihr Leid erkannt und anerkannt werde. Warum geschieht das nicht?

„Was meinst du, warum dieses dauerblubbernde Labor neben deinem Zimmer lag und die mechanische Schreibmaschine hämmerte?", sagt der Peking Opa, „Es ging nicht um dich: Die Wissenschaft deiner Mutter, das Studium deines Vaters und vor allem die Kirche waren wichtiger als du."

Es bleibt immer präsent, dieses ohnmächtige Gefühl des Ausgeliefertseins, sowohl dem Wesen als auch dem hartnäckigen Verdrängen und Vergessen in der Familie.

Lange nach den Ungeheuer-Albträumen in Kaiserland redigiere ich im Verlag ein Buch, in dem es heißt, dass Phantasien und Träume dieser Art bei Kindern auf sexuellen Missbrauch hindeuten können.

Bei mir sicher nicht, denke ich. Missbrauch? So etwas geschieht doch nur in kaputten Familien. Wer soll mich denn missbraucht haben? Ich schiebe das Thema weit weg.

Und bevor ich erneut darauf stoße, folge ich erst Jim Knopf in die Hauptstadt Chinas und lerne den leibhaftigen Peking Opa kennen.

Eine Mitschülerin und Freundin kauft an einem Marktstand in der Nähe der Schule oft für eine Mark diese Hefte mit Liebesromanen, schlecht geschrieben, wie ich heute finde, immer dasselbe Schema, sie sieht ihn, weiß sofort, das ist mein Traumprinz, es gibt Verwicklungen, Missverständnisse und Hindernisse, dann heiraten sie, Ende. Mit viel Herzschmerz, Tränen, Streit und Versöhnung. Meine Freundin liest diese Hefte und verkauft sie für 50 Pfennig an denselben Verkäufer zurück. Sie darf das nicht, sie ist Zeugin Jehovas, ihre Mutter hat es ihr verboten. Sie tut es trotzdem und steckt mich mit ihrem Hobby an, ich leihe mir die Hefte von ihr aus. Beim Lesen spüre ich Sehnsüchte in mir erwachen, umso stärker, je verbotener sie sind. Sehnsucht nach Zärtlichkeit und Nähe, ich kannte so etwas nicht, es waren Klein-Mädchen-Träume, die sich mit den tastenden Sehnsüchten einer jungen Pastorentochter vermischten. Ich sah Pärchen in der Schule einander küssen, sah wie er sich über sie beugte, um ihr Mathematik zu erklären, aber niemand umarmte mich oder hielt mich fest. Auch zu Hause kannte ich das kaum. Die innigste Berührung zwischen meinen Eltern, an die ich mich erinnere, ist ein Händedruck.

Mein schlechtes Gewissen meldete sich, sobald ich einen solchen Roman auch nur in die Hand nahm: Ich muss mich auf die Schule konzentrieren, gute Noten nach Hause bringen, wo sollen diese albernen Liebesphantasien hinführen, Zweifel dieser Art quälen mich, ohne dass meine Eltern sie je wörtlich geäußert hätten, das war nicht nötig. Aber da ist diese Sehnsucht nach dem, was die Frauen in den Romanen anscheinend haben, Liebe zu einem Mann empfinden, geliebt werden, Nähe, Zärtlichkeit. Sich gegen Widerstände durchsetzen, glücklich sein. Ich kannte Naomis Mutter und stellte mir vor, wie sie mit ihr über genau diese Dinge sprach. Schließlich war Naomi zehn Monate älter als ich. Die Mutter wird ihr gesagt haben, dass die Welt der Romane unrealistisch sei, dass der Glaube an Gott/Jehova vorgehe und sie weiter missionieren müsse, das sei ihr Weg.

Es hat mir nie jemand gesagt, dennoch scheine ich gewissermaßen mit der Muttermilch aufgesogen zu haben, dass ich schwach und mit Sünde behaftet bin. Warum sonst müsste ich in der Kirche immerzu um „Vergebung unserer Schuld" bitten, ohne dass mir je ausdrücklich verziehen wird?

Darum bitte ich im Stillen um Vergebung für das Lesen dieser Liebesromane. Aber ich lese sie sicherheitshalber nur heimlich.

Ich sehe mir meine Mitschüler und Mitschülerinnen genauer an, bei Partys, die damals „Fete" hießen, „Blues tanzen" ist für mich ein Zauberwort, dabei wiegt sich das Paar eng umschlungen langsam im Rhythmus der Musik, und das Faszinierendste für mich: Nicht nur feste Paare tanzen so, auch Freunde.

„Wollen wir tanzen?", am Abend im Bett stelle ich mir vor, dass der gutaussehende Klassensprecher mich fragt. Wie selbstverständlich lege ich meine Arme um seinen Hals, wir wiegen uns zu ABBA. Manchmal schreibe ich innerlich Liebesromane, in denen ich selber die Hauptrolle spiele.

Warum macht keiner der Jungs das mit mir? Vielleicht weil die anderen ein Jahr älter sind als ich? Keiner meiner Klassenkameraden war mit fünf Jahren eingeschult worden. Ein Freund sagte einmal zu mir:

„Es gibt für mich Frauen, denen ich mich nie zu sehr nähere oder sie bedränge, sie strahlen eine Würde aus, die das verhindert. Du gehörst für mich dazu." Schade, denn gerade von diesem Freund wäre ich sehr gern „bedrängt" worden.

Er meinte das als Kompliment, und die Pastorentochter in mir verstand das auch so, lächelte den Freund tapfer an. Er schätzte mich also als Freundin mit Würde. Die heranwachsende Frau in mir fand das zum Kotzen: Deshalb also tanzte niemand Blues mit mir. Würde.

Meine Freundin Naomi erzählt mir auch von ihren Gefühlen für einen Glaubensbruder, wie nah er nach einer ihrer „Versammlungen" hinter ihr gestanden habe, sein Atem in ihrem Nacken, ich denke an unsere Romane. Natürlich sind ihr diese Gedanken und Gefühle nicht erlaubt, ihr Weg in der Glaubensgemeinschaft sieht nach dem Abitur eine Karriere als Vollzeitmissionarin vor. Zehn Jahre später treffe ich sie wieder: Verheiratet mit einem Mann, den sie zuvor zu ihrem Glauben bekehrt hatte. Jetzt, schien mir, hatte sie die Verbote von damals verinnerlicht, während ich mich daraus zu befreien suchte.

Ihren Leidensdruck vermag ich mir kaum vorzustellen: Wir teilen die prickelnde Welt der Liebesromane, sie ist stets willkommener Gast bei unserer evangelischen Pastorenfamilie, wir spielen Tischtennis, sie erzählt mir, dass sie Klassenkamerad Peter aus der ersten Reihe gut findet, seinen Körper, seine Brustbehaarung, die wir im Sommer mal gesehen haben, sie stellt sich vor, wie schön es sich anfühlen muss, mit den Fingerspitzen darüber zu streichen; Himmel, ich habe nicht einmal gewagt, den Körper eines Jungen genauer anzusehen, und sie spricht darüber, ihn zu berühren! Es ist aufregend für beide, denn uns verbindet das Verbotene daran. Die Zeugin Jehovas klärt mich über erotische Gefühle auf, die ich durch meine protestantisch verbotsgefärbte Brille nicht sehe. Zugleich lehrt ihr Glaube sie, dass ich, meine Geschwister und Eltern „verloren" seien, was immer das genau heißen mag, richtig verstanden habe ich es nie, jedenfalls ist es ganz furchtbar für sie, dass ihre beste Freundin und deren nette Familie keine „Zeugen" sind. Es muss sie innerlich zerrissen haben. Deshalb wahrscheinlich nimmt sie mich alle paar Wochen mit einer regelrechten Missionierungsattacke in die Zange, so kommt es mir vor. Sie konnte gut reden, war auf meine Einwände vorbereitet und verbreitete vor allem Angst und Schrecken. War das noch die Freundin, mit der ich über Jungs und Verliebtsein reden konnte? Die mich zum ersten Mal geschminkt hatte? Meine Mutter hat mich mehr als einmal nach einem solchen Missionierungsversuch mühsam davon überzeugen müssen, dass ich nicht „verloren" sei und keine Angst davor zu haben brauche.

Eine Klassenfahrt nach Paris. Brave Besichtigungsfahrten und ausgelassenes Feiern. Klassenkameradinnen öffnen meine streng geflochtenen Zöpfe und lassen mir das hüftlange Haar über die Schultern fließen.

„Toll siehst du aus!", sagen sie und schminken meine Augen. Ein gutes Gefühl, weit entfernt vom Elternhaus kann ich es fast ohne schlechtes Gewissen genießen.

Meine Eltern sind entsetzt, als sie das Foto sehen. Weil x-beliebige Klassenkameradinnen der Pastorentochter die Zöpfe geöffnet und Aschenputtels Schönheit entdeckt haben, so schien es mir. Offene lange Haare sind unpraktisch, und ich bin so, wie ich bei den Eltern aus dem Haus gehe, schön genug, schminken ist überflüssig und Männern zu gefallen sowieso.

II

„Hallo Guntram", der junge Mann bastelt mal wieder an seiner maroden Ente herum. Ich kenne ihn, weil er manchmal in unserer Kirchengemeinde die Orgel spielt. „Wie gehts?"
„Gut! Ich bringe gerade mein Auto in Ordnung, dann fahre ich ein paar Tage weg. Kommst du mit?"
Ich erstarre. Ich? Mit einem richtigen Mann? Richtig verreisen?
„Ääm, ich…" stottere ich. Ich weiß inzwischen, dass Guntram nicht auf dem Gymnasium war, keine heile Familie hat, und ich finde ihn interessant. Aber mit ihm wegfahren? So ganz spontan?
„Ich muss hier einiges erledigen, das geht jetzt nicht", rede ich mich heraus.
„Ach was, das hat Zeit!"
„Nein, das geht jetzt wirklich nicht, ich habe nichts dabei", verlockend ist es ja doch, nach dem Abi und mit neu gewonnener Freiheit. Aber mit einem Mann? Einfach so? Das geht doch nicht.
„Du kriegst alles von mir!"
„Aber…", vor meinen Augen dreht sich alles. Von ihm? Der Peking Opa hätte das gut gefunden, das weiß ich heute, aber meine Eltern? Ich hatte großen Ärger mit beiden bekommen, als ich nach der Klassenfahrt meine von irgendwo geerbte olle Jacke für zwei Tage gegen den todschicken schwarzen Blazer einer Klassenkameradin getauscht hatte.
„Kein Problem!"
Kein Problem? dachte ich. Du kennst meine Familie nicht. „Du kannst alles von mir haben, ganz einfach!"

Es scheint ihm wirklich ernst zu sein, ich soll jetzt in seine Ente steigen und mit ihm einfach so losfahren. Aber wie soll das gehen?
Ich muss aufsteigende Panik ausgestrahlt haben. Mir standen die Moralvorstellungen eines sinnenfeindlichen Elternhauses entgegen, mit einem Mann gab es kein „ganz einfach".

„Na gut", das Strahlen in seinen Augen erlischt.
Puuh, er besteht nicht darauf.
„Schade, das wäre lustig geworden!", er schlägt die Beifahrertür zu, die er mir einladend aufgehalten hatte, steigt selbst auf der Fahrerseite ein. Lässt den Motor an und fährt aus dem Fenster winkend davon.

Warum?, frage ich mich noch lange danach. In mir war eine disziplinierte Pastorentochter herangewachsen, deren Sexualität der Fortpflanzung diente, ein nicht diesem Ziel dienender Geschlechtsverkehr und jeglicher hinführende Flirt standen mir nicht zu. Das brauchte niemand mir zu sagen, ich entnahm es dem, wie über welche Themen gesprochen wurde oder eben auch nicht.

Aufklärung fand nach der Rückreise aus Kaiserland durch ein Buch „Junge, Mädchen, Mann und Frau" statt, das irgendwann bei uns herumlag und die Physiologie des Menschen in Wort und Bild sachlich beschrieb. Darum wusste ich, als ich das erste Mal blutete, dass ich keine Angst haben musste. Meine Mutter gab mir Binden:

„Reiß sie hinterher in mindestens sechs kleine Stücke, damit das Klo nicht verstopft." Dann musste sie wieder auf den Dachboden hinauf, um das Gästezimmer für einen wichtigen Besucher des Vaters herzurichten.

Ich war die Jüngste und Kleinste in der Klasse, traute mich nicht, den Klassenkameradinnen Fragen zu stellen.

„Wir haben den Tod schon hinter uns."
Mein Vater hatte befreundete Christen gefragt, woher sie die Kraft nähmen, nach einem Besuch in Klonland in ihre Heimat zurückzukehren, wo ihnen Folter und Tod drohte. Ihre Antwort beeindruckte mich tief. Ich bekam eine Ahnung davon, dass so ein Satz wichtiger war als ein „Kommst du mit?" von Entenfahrer Guntram oder meine erste Blutung es je würde sein können. Zwischen derlei Wichtigkeiten trudelte meine heranwachsende Seele dem Erwachsenenleben entgegen, ich behielt meine Leidenschaften und Problemchen für mich.

Es mag die Zeit gewesen sein, in der wir jeden Abend für einen Freund meines Vaters beteten, der in seinem Land auf dem Weg zum Gottesdienst verschleppt worden war. Niemand wusste, ob er noch lebte, vielleicht gefoltert wurde, oder ob er sofort getötet worden war.

Das Abitur lag hinter mir, als ich langsam begriff, dass Menschen ohne Studium auch richtige Menschen waren und sogar aufregende Männer sein konnten.

Es war so angelegt: Das vierte Kind, die Faschingsfeiern, „tsing tsing", Jim Knopf, und alle Geschwister studierten, also ging auch ich zur Universität und studierte… Sinologie.

In die chinesische Sprache und China verliebte ich mich sofort, mein erster Lehrer erzählte Anekdoten und vermittelte neben Satzbau und Grammatik vor allem Begeisterung für Land und Leute.

„Die Leute vor Ort wissen immer am besten Bescheid", wir können kaum „guten Tag" sagen, da bereitet er uns schon auf unseren ersten China-Aufenthalt vor. „Wenn ihr zum Beispiel auf einen See hinausrudern wollt und ein Ortskundiger euch abrät, dann hört auf ihn. Vielleicht weiß er, dass jeden Tag um genau drei Uhr am Nachmittag ein Sturm aufkommt, der euch zum Kentern bringen würde, und jetzt ist es gerade halb drei."
Ich war ungläubig und fasziniert zugleich.

„In Peking fallen im Herbst die Blätter über Nacht von den Bäumen."
Jaja, dachten wir, wieder eine seiner Geschichten…

Jahre später besuche ich eine Freundin in Peking, es ist Herbst. Der Ginkgo-Baum im Hof steht in leuchtendem Gelb.
„Schnell", sagt die Freundin kurz vor Sonnenuntergang. „Ich will noch ein Foto von dem herbstlich gefärbten Baum machen, morgen ist es zu spät."
So richtig verstehe ich sie erst bei einem Blick aus dem Fenster am nächsten Morgen: Die gelbe Pracht liegt am Boden, nicht ein Blatt hängt noch am Baum.

In Gedanken bitte ich meinen alten Lehrer – er ist längst berentet – um Verzeihung. Keine Phantasiegeschichte: Die Blätter fallen tatsächlich über Nacht von den Bäumen.

Im Alter von 19 Jahren bekomme ich plötzlich eine beängstigende Diagnose gestellt. Meine Mutter verarbeitet ihre Angst um mich und eine gewisse Unsicherheit, indem sie mir erzählt, wer einst mit so etwas wie umgegangen sei und was „man" jetzt tun könne. Mein Vater erzählt aller Welt von der Diagnose, und so erfährt der Pastor der amerikanischen Gemeinde davon und kommt zu einem Hausbesuch. ZU MIR. Ich bin verwirrt, unsicher, ratlos. Es ist schön, in dem englischsprachigen Gemeindetrubel mitzuschwimmen, aber jetzt dem Pastor gegenüber sitzen, Mutter zieht sich diskret zurück, was soll ich mit ihm reden? Was will der Mann von mir? Ich glaube zu spüren, dass der Pastor, den ich gar nicht persönlich kenne, etwas von mir erwartet, aber was? Soll das ein seelsorgerliches Gespräch werden? Wie geht so etwas?
Kurz nach der Diagnosestellung ist mein 20. Geburtstag. Es gibt eine Feier, die ich wie in Trance erlebe und mich frage, was all diese Leute – meine Gäste – von mir wollen. Kurz danach, zu Ostern, bekommen wir Besuch und fahren in den nächsten Tagen zu einer befreundeten Familie, ich immer dabei, das Wissen um die Krankheit sinkt in tiefe Katakomben meines Gehirns. Ich gehe in die Uni und in Gottesdienste - es muss ja weitergehen, das weiß ich seit jener Fehlgeburt Yasmins - nehme aber nichts so recht wahr. Anschließend werde ich immer trauriger und gleichgültiger, liege bei bitterer Kälte und geöffnetem Fenster auf dem Bett, und es ist mir egal, ob meine Beine abfrieren oder nicht. Der Neurologe sagt später, ich habe die Diagnose verdrängt und sei deshalb in eine Depression gestürzt.

Ich will aus meinem Leben raus und wechsle deshalb zu einem Studiengang, den es nur in einer anderen Stadt gibt. Den Auszug setze ich gegen großen Widerstand der Eltern durch, doch von dem Anfang, dem „ein Zauber innewohnt", wie Hesse es beschreibt, spüre ich nach dem Umzug in die neue Stadt nicht viel. Es ist schwer, nicht nur das Einkaufen von weniger als vier Gläsern Marmelade, weil ich plötzlich alleine lebe. An der Universität finde ich mich recht schnell zurecht, aber was tue ich ohne Familie an Wochenenden, was am Sonntag? Ich gehe samstags manchmal spazieren, es ist eine wunderschöne Gegend, fühle mich aber vor allem verpflichtet, viel für die Uni zu tun, lernenlernenlernen – das ist meine Pflicht und Schuldigkeit, nachdem ich meinen Auszug durchgeboxt habe.

Etwa 20 Jahre lang gehörte der sonntägliche Gottesdienstbesuch zu meinem Leben. Als ich jetzt von zu Hause ausziehe, gibt es keine Familie mehr, mit der ich gehe, ich muss aus eigenem Antrieb zur Kirche gehen, oder ich bleibe einfach zu Hause. Einfach? Allein zur Kirche zu gehen? Beides fällt mir gleich schwer. Es dauert sehr lange, bis ich sonntags entweder einen Gottesdienst aus eigenem Antrieb und allein besuche oder, noch später, „einfach" zu Hause bleiben kann.

Nachdem ich mich mit der neuen Universität vertraut gemacht habe, suche ich einen Chor, dem ich mich anschließe. Schon während meiner Schulzeit und zu Beginn des Studiums war ich in einem Chor gewesen, so wie meine Geschwister, das hat immer großen Spaß gemacht. Es ist eine vernünftige Freizeitbeschäftigung, die ich mit meinem Gewissen vereinbaren kann. Denn Chorsingen haben meine Eltern immer unterstützt, das kann nicht falsch sein. Jetzt singe ich erst in einer Kantorei mit, ein Jahr später wechsele ich in einen kleinen Studentenchor.

Wir sitzen nach den Proben oft noch zusammen, meist in einer Kneipe, dabei vergesse ich mein schlechtes Lerngewissen. Da ist dieser blonde Tenor, der mir gut gefällt, ein Klavierstimmer, wie ich im Lauf der Zeit erfahre. Aus irgendeinem Grund wirkt das besonders aufregend auf mich, Klavierstimmer, das ist etwas Besonderes! Ich mag diese geselligen Abende, alles ist herrlich leicht, ohne Verpflichtungen und ohne Druck.

Samstagabend. Nachdem wir ein Konzert in der Universitätskirche gesungen haben, werfe ich mir hinterher in der Kneipe leichte Flirtbälle mit dem Klavierstimmer zu, hin und her und her und hin, wir lachen, plaudern, diskutieren inmitten der Gruppe, die ich kaum noch wahrnehme. Ich schwebe durch den Abend – nur wohin? Irgendwann löst die Runde sich auf, Jochen, so heißt er, radelt mit mir ins Wohnheim. Ob ich ihn dazu eingeladen habe, weiß ich nicht mehr. Wir gehen in mein winziges Appartement, trinken einen Schluck, führen unser flirtig leichtes Gespräch weiter, und irgendwann sitzen wir nicht mehr angezogen nebeneinander auf dem Bett, sondern liegen halb nackt auf der schmalen Matratze. Es ist tief in der Nacht, ich spüre dieses Kribbeln im Bauch, er wahrscheinlich mehr als das und nicht nur im Bauch, an dieser Stelle wird in den wenigen Filmen, die ich gesehen habe – zu Hause gab es nie einen Fernseher – ausgeblendet, wurde in den Kitschromanen meiner Jugend allenfalls von einer „fantastischen Liebesnacht" gesprochen – aber ich habe keine Ahnung, was auf mich zukommt. Wird er seine Wurst herausholen und muss ich sie dann anfassen? Werden wir miteinander schlafen und wie geht das vor sich?
„Sie ahnte, worauf das hier hinauslaufen sollte, wohin sie es offenbar gesteuert hatte."
Da, ich schreibe weiter an meinem Buch, weiß trotzdem nicht

recht, wie es jetzt weitergehen soll. Ich spüre ihn mit dem Finger irgendwo da unten herumfummeln, wahrscheinlich der Mittelfinger, dann schlafen wir irgendwann ein.
„Er fuhr ihr mit seinen schlanken Fingern durchs Haar... " Mir fehlen die Worte für das, was folgen könnte. Es fühlt sich vollkommen anders an, als ich es mir vorgestellt habe. Aber was genau ich mir vorstellte, weiß ich nicht.
Ob er am Morgen noch einen Kaffee bei mir trinkt, weiß ich nicht mehr, dann ist er weg. Danach erst entdecke ich diesen winzigen Blutfleck auf meinem weißen Bettlaken und erschrecke: Blut? Entsetzt gehe ich unter die Dusche. Weg, der Fleck muss weg, ich fühle mich schmutzig, ich dusche und dusche, um den Mann fortzuspülen, dieses schmutzige Gefühl seines Fingers in mir drin, ich stehe lang, sehr lange unter der Dusche, ich komme mir plötzlich ausgeliefert vor wie damals dem Wesen, so wollte ich das doch nicht, es sollte leicht wie der Flirt vorher weitergehen. Das weiße Bettlaken mit dem Blutfleck werfe ich in den Müllschlucker, zumindest stelle ich mir das heute gerne vor. Aber wahrscheinlicher ist, dass meine gute Erziehung mir damals eine solche Verschwendung verbot, ich weiß es nicht mehr.

Am nächsten Tag ist Sonntag, gut, dann kann ich in die Kirche gehen, vielleicht hilft mir das mein Gewissen zu erleichtern. Ich beneide Katholiken, die in einem solchen Fall einfach eine Beichte ablegen. Das geht bei mir nicht. Mir hat das zwar niemand gesagt, aber ich spüre seit meiner Geburt, dass ich sündig bin, so wie jeder Mensch, dass ich einzig von der Vergebung Gottes lebe. Dass Triebhaftigkeit Sünde und unbedingt zu unterdrücken sei. Diese flirtige Leichtigkeit, die in letzter Konsequenz zu dem Blutfleck auf dem Bettlaken geführt hat, gehört zu der um jeden Preis zu unterdrückenden Triebhaftigkeit, das spüre ich, und hoffe im Gottesdienst Erleichterung zu finden. Es geschieht im Lauf der nächsten Jahre noch mehrmals, dass ich einen interessanten Mann mit Leichtigkeit und Leidenschaft in mein oder sein Bett locke und dann nicht weiterweiß. Zwei Mal beispielsweise derselbe Mann, es gehen wie immer wunderschöne Abende voraus, ich spüre und genieße das Gefühl, begehrt zu werden, liege bei mir oder beim zweiten Mal bei ihm im Bett und weiß dann nicht weiter. Als ich beim dritten Mal zweihundert Kilometer zu ihm fahre, weil ich jetzt bereit bin oder glaube es zu sein, hat er buchstäblich keine Lust mehr und weist mir eine Luftmatratze auf dem Fußboden zur Übernachtung zu. Ich spüre die Erniedrigung bis heute.

Ohne Leidenschaft fürs akademische Leben und ohne je in China gewesen zu sein, ziehe ich mein Studium durch, um mich anschließend mit einem Gefühl der Befreiung ins „richtige Leben" zu stürzen. Eine angebotene Promotionsstelle in Klonland lehne ich ab: Nur nicht länger Zeit an der Uni vertrödeln, weg von dem nicht enden wollenden Lerndruck, von dem „Ich bin nicht gut genug". Mein Weg führt mich in den Südwesten von Klonland.

Mit dem Paternoster fahre ich morgens ins dritte Stockwerk des ehrwürdigen Altbaus hinauf, in dem sich mein erster Arbeitsplatz im richtigen Leben befindet, in einem Buchverlag. Ab und zu fahre ich bis ganz nach oben in die Dunkelheit, wo die Kabinen auf die andere Seite hinüberrumpeln, um sich dann in die Abwärtsbewegung einzureihen. Ich tue das, weil ich mich Heinrich Bölls Dr. Murke und seinem gesammelten Schweigen schon in der Schule, als wir die Erzählung lasen, sehr nahe gefühlt

hatte. In Schule und Uni hatte es leider nie einen Paternoster gegeben.
Je mehr mir die Arbeit mit Büchern, die Nähe zu Dr. Murke und die gelegentlichen Ausflüge nach Frankreich oder in die Schweiz gefallen, rückt China weiter in die Ferne, ich habe das Gefühl, ich müsse mich entscheiden: Ein Leben mit oder ohne China? Den Antrag auf ein Stipendium für einen Studienaufenthalt in Peking stelle ich sehr blauäugig, habe Glück und bekomme die Zusage. In einem Jahr würde ich für die Dauer von ein bis zwei Jahren nach Peking fliegen.

Von meinem Arbeitsplatz im Verlag aus sehe ich im Hof des Gefängnisses gegenüber zu bestimmten Zeiten die Gefangenen bei Hofgang oder Sport. Was sind das für Männer, frage ich mich, was für Familien verbergen sich dahinter, sie sind doch auch Söhne und vielleicht Brüder und Väter, was ist schiefgegangen? Es gibt einen Gefängnispastor, der Gesprächsgruppen mit Gefangenen und Frei-Willigen durchführt. Vielleicht bekomme ich auf diese Weise Antworten auf meine Fragen, denke ich. Um mitzumachen, erfahre ich auf Anfrage, müssen ein polizeiliches Führungszeugnis vorliegen und vor jedem Gruppentermin die üblichen Kontrollen durchlaufen werden, Personalausweis, Taschendurchsuchung. Es sind themenbezogene Gesprächsnachmittage, offenbar ein kleiner Freiraum für die Gefangenen.

„Ich bin Egbert", stellt sich einer der Gefangenen vor, wie die anderen sehr wortkarg und mit langem Nackenhaar.
„Ich bin Ute."
„Ich bin Eva."
„Ich heiße Katrin."

Wir Freien stellen uns der Reihe nach vor, nur Frauen, genauso knapp.

Es ist Hochsommer, wir entsprechend dünn gekleidet, die Knackis, wie sie sich selbst nennen, in Alltagskleidung. Frauen sind Sexualobjekte: „Fotze" sei das Synonym für Frau, erklärt Egbert mir später.

Der Gefängnispastor plant eine Wochenendfreizeit mit Knackis und Freien.

„Legst du dir nachts ein Messer unters Kopfkissen?", fragt eine Kollegin, als sie erfährt, dass ich mitfahren werde. „Da sind doch bestimmt verurteilte Mörder dabei."
„Ja, aber deswegen bringen sie doch nicht gleich den Nächsten um."

Wir fahren einzeln oder in kleinen Gruppen in ein Freizeitheim im Schwarzwald, die Männer kommen gesondert in einem Gefangenentransport. Am Abend wird gegrillt, für uns Freie schön, aber eher unspektakulär, für die Männer --- ja, was? Erinnerung an vergangene Zeiten? Daran, wie sie jetzt auch leben könnten? Denken sie an Familie, Frau, Kinder, Heimat?

Die Männer zeigen ihre Sehnsucht nach Frauen jetzt deutlicher. Ich ziehe mich zu einem nächtlichen Spaziergang mit Egbert zurück, auf dem er mir von seiner Familie erzählt, seinem Bruder, den er sehr vermisst, seiner kleinen Tochter.
„Wie heißt sie?"
„Sandra."
„Wie alt?", ich passe mich seinem Telegrammstil an.

„Acht Jahre."
„Wie lange habt ihr euch nicht gesehen?"
„Dreieinhalb Jahre."
„Wie ist das alles überhaupt passiert?", ich fordere jetzt, da ich mit ihm allein bin, mehr als diese sparsamen Antworten.

Er erzählt mir vom mit einem Kumpel völlig dilettantisch geplanten Banküberfall, ich beschließe ihm einfach zu glauben. Sie hätten nicht genug Tüten für das Geld dabeigehabt und seien auf der Flucht nach knapp 100 Kilometern gefasst worden. Aber es war ein bewaffneter Raubüberfall gewesen, er hatte fünf Jahre bekommen. „Der Arme", denke ich und bin schon in die Mitleidsfalle getappt.

„Der Kumpel hat mich bequatscht, wir wollten einen Motorradhandel aufziehen, das Geld sollte unser Startkapital sein", in der Zweisamkeit unter sternenklarem Himmel wird er plötzlich etwas gesprächiger.
Auch ich spüre ein Auftauen, der Bankräuber und Knacki verblasst langsam hinter dem gutaussehenden Mann Egbert.
„Wenn ich aus dem Knast komme, gehe ich als Erstes zu meinem Bruder, mit ihm zusammen holen wir Sandra", er scheint alles deutlich vor sich zu sehen und plant mich fest mit ein, seine Augen leuchten.
Wieder ist da dieses Gefühl, dass ein Mann auch ohne Abitur und Kirche im Hintergrund aufregend sein kann.

Er ist Handwerker, hat im Gefängnis die mittlere Reife gemacht, weil das sich positiv auf eine mögliche frühere Entlassung auswirke. Das Schwarzwälder Wochenende verwirrt mich, danach besuche ich ihn noch ein paar Mal, fliege anschließend für ein

Wochenende zu einem Familienfest und miete dann, wieder in Klonland, für fünf Tage ein Auto: Egbert hat Freigang, und wovor ich mit 18 Jahren Angst hatte, mit einem nicht akademisch gebildeten und mir weitgehend unbekannten Mann mehrere Tage zu verreisen, jetzt traue ich es mir zu. Der Peking Opa hätte mich darin bestärkt. Heute steht er oft hinter mir und ermutigt mich: „Du schaffst das." Am besten höre ich ihn, wenn ich in China bin.

Es werden fünf Tage des Verbotenen, herrlich!
Ich lasse den Bankräuber a.D. ans Steuer des Mietwagens, was natürlich im Mietvertrag nicht vorgesehen ist, fahre mit ihm über die nahe Grenze nach Frankreich – das Land zu verlassen ist ihm streng verboten – gehe mit dem Knacki ins Bett, was eine Pastorentochter, sagt mir meine Erziehung, nicht tun sollte.

Wir gehen zum Friseur, er lässt sich die langen Nackenhaare abschneiden.

„Da werden sie alle lachen", sagt Egbert. „Der Freigänger hier, rennt gleich zum Friseur."

Die langen Haare gehören zu einer Art Dresscode im Gefängnis. Ohne sie setzt man sich bewusst ab.

Wir schlafen einmal bei seinem Bruder und einmal bei seinen Eltern, bevor wir in die Vogesen fahren, alle nehmen mich unkompliziert auf. Seine geliebte Oma spricht so starken Dialekt, dass ich sie kaum verstehe, aber ihre Herzensgüte teilt sich mir auch so mit. Seine Tochter Sandra ist auf Anhieb sehr zutraulich. Wir reiben uns gegenseitig Mückenstiche mit „Tigerbalsam" ein, und es fällt uns nicht auf oder ist uns egal, dass das den Juckreiz noch verstärkt, statt ihn zu lindern. Drei Jahre später, nachdem ich mich längst von Egbert getrennt habe, telefoniere ich noch mehrmals mit Sandra und stelle den Kontakt schließlich am Ende schweren Herzens ein, weil Egbert sich immer wieder dazwischen und in den Vordergrund drängt.

In wenigen Tagen geht mein Flug nach China, da tut es gut, ganz und gar ins Hier und Jetzt einzutauchen, das verhindert eventuell aufkommende Panik.

Abschied von Familie und Freunden, den Hut von Egberts Bruder immer auf dem Kopf, tief in den Sitz gedrückt werden während der dröhnenden Beschleunigung des großen Vogels, abheben, letzte Blicke auf vertrauten Boden: Irgendwo da unten sitzt er im Knast, um mich herum plaudern Reisende, nehmen Stipendiaten miteinander Kontakt auf:
Erst am Flughafen Peking nehme ich sie wahr, die anderen Studierenden, die auch an Pekinger Hochschulen lernen wollen. Im Flughafengebäude fremde Düfte, fremde Geräusche, fremde Sprache: Hat das, was wir da hören, mit dem zu tun, was wir an den Universitäten gelernt haben?

Wie auch immer, erstmal Renminbi eintauschen, die chinesische „Volkswährung". Damals gab es noch eine „Foreign Exchange Currency", eine Währung extra und nur für Ausländer und Ausländerinnen. Die Währung war mehr wert als die „Volkswährung", und so gab es einen blühenden Schwarzhandel. Dann ein Taxi.

„Zum Spracheninstitut bitte", sagen wir in bestem Lehrbuchchinesisch.
„qyshrqyrshyqrshyxr?", die Rückfrage des Taxifahrers verstehen wir nicht.
„Zum Haupteingang", wollen wir erklärend hinzufügen, aber wer weiß, was wir wirklich sagen.

Bei späteren Taxifahrten zu unserem Institut dirigieren wir die Fahrer sicher zum „Dongmen", Osttor, weil wir inzwischen wissen, dass das erstens der Haupteingang und dass Peking zweitens schachbrettartig um den Kaiserpalast herum angelegt ist, wie mit dem Lineal gezogen, und Pekinger für Richtungsangaben selbst innerhalb von Gebäuden immer die Himmelsrichtungen verwenden: „Den Gang hinunter, an der nächsten Ecke nach Westen, und an dem großen Papierkorb noch ein paar Meter nach Süden." Ein chinesischer Freund, der auf der Suche nach dem für sein Anliegen zuständigen Büro einmal diese Wegbeschreibung bekam, schüttelte den Kopf: „Woher soll ich denn wissen, wo in diesem Bau Westen oder Süden ist?" Er stammt nicht aus Peking.

Bei unserer ersten Taxifahrt in Peking hätte also ‚Osttor' als Präzisierung unserer Zielangabe ausgereicht. Hätte.

Wir verladen das Gepäck und fahren los. Eine schier endlos lange Landstraße. Es ist sehr warm für Anfang September, viel wärmer als in Klonland um diese Zeit. Im Auto Schweigen. Ich trage den Hut von Egberts Bruder und hänge meinen Gedanken nach. So ein Flug geht viel zu schnell, einsteigen, einmal eingequetscht dösen und schon in einer anderen Welt.

Der Fahrer hält vor einem Tor, wir sind anscheinend am Ziel. Wir bezahlen nervös – will er uns übers Ohr hauen, zählen wir das fremde Geld und Wechselgeld richtig? Steigen aus, setzen uns die Rucksäcke auf den Rücken und versuchen uns zu orientieren.

„Das auf dem Schild hier heißt wohl ‚Spracheninstitut', lass uns reingehen."

Wir sind zu viert, das war mit Gepäck ein ziemliches Gedränge im Auto.

„Und jetzt?"
„Suchen wir erstmal das Verwaltungsgebäude, wir müssen zur Anmeldung."
„Das hier scheinen Wohnheime oder sowas zu sein, gehen wir weiter."
„Für einen Gewaltmarsch mit zentnerweise Gepäck auf dem Rücken ist es entschieden zu heiß."

Verschwitzt, übermüdet und erschöpft finden wir das Verwaltungsgebäude und machen erste Erfahrungen mit chinesischer Bürokratie, die uns nur deshalb schlimmer als die unsere vorkommt, weil wir die Regeln nicht beherrschen und die Sprache nur unvollkommen.
Wir werden zu unserem Wohnheim geschickt, dem für Studentinnen aus dem Ausland. Dort bekommen wir vier Klonländer Studentinnen zwei Zimmer zugewiesen, je zwölf Quadratmeter, Neonröhre an der Decke, Betonwände, Steinboden, je zwei eiserne Betten, zwei Schreibtische, zwei schlichte Stühle und zwei kleine Regale aus Holz, zwei Kleiderschränke, auch aus Holz.

Meine zukünftige Mitbewohnerin und ich lassen uns auf die Betten fallen.

„Jetzt bloß nicht schlafen", ein Student im zweiten oder dritten Jahr klopft an und tritt ein.

„Wenn ihr jetzt schlaft, liegt ihr die ganze Nacht wach. Ihr müsst bis heute Abend wach bleiben, dann schlaft ihr in der Nacht gut", belehrt er uns.

„Wir sind aber jetzt müde."

„Wenn ihr jetzt schlaft, gewöhnt ihr euch nie an die neue Zeit", warnt er. Wir profitieren gern von der Erfahrung älterer Studenten, schlafen jetzt aber aus purer Erschöpfung einfach ein und verkraften trotzdem die Zeitumstellung.

In den nächsten Tagen richten wir uns ein, mit Schreibtischlampen, die wärmeres Licht verbreiten als die Neonröhre an der Decke, und mit dicken und dünnen Bambusmatten, die wir auf den Boden legen bzw. an die Wände heften. Wie teilen zwei junge Frauen zwölf Quadratmeter Wohnfläche so auf, sodass jede einzelne genug Privatsphäre hat? Manche teilen die kleine Fläche durch in den Raum gestellte Schränke, Regale und Schreibtische so auf, dass jede Bewohnerin sechs Quadratmeter für sich hat. Wir nutzen die gesamte Fläche gemeinsam, so hat jede von uns zwölf Quadratmeter.

„Was, donnerstags kein heißes Wasser?"

„Ja, und an den übrigen Tagen erst ab 19 Uhr für ein paar Stunden."

„Wie waschen wir unsere Klamotten?"

„Es gibt rund um die Uhr kochendes Wasser in dem Wasserkocher im Waschraum."

„Ach, darum die riesigen Thermoskannen für jede von uns."

„Ja, wir müssen nicht selber Wasser kochen, um Tee oder Kaffee zu trinken."
„Und was ist, wenn wir abends ausgehen?"
„Dann duschst du eben vorher oder hinterher - kalt."
„Morgens geduscht wird nur im Sommer", wirft eine Studentin aus Portugal ein. „Wenn die Außentemperatur in der Nacht auf 29 Grad gesunken ist."
„Gesunken?!!"
„Ja, tagsüber werden es deutlich über 30 Grad. Dafür wird es im Winter horrormäßig kalt."
„Und es kommt noch besser, die Fenster im Waschraum schließen nicht richtig", wirft eine andere ein. „Duschen bei offenem Fenster im Winter, da kommt Freude auf."
„In den Zimmern schließen sie auch nicht."
„In einem Unterrichtsraum sind die Glasscheiben der Fenster seit Monaten kaputt."
Wir stehen mit Bewohnerinnen des Studentinnenwohnheims zusammen, fragen die Erfahreneren, teilen Eindrücke mit jungen Frauen aus aller Welt, wir sprechen englisch, französisch, spanisch und radebrechen chinesisch.

Erst später wird mir klar, dass die chinesischen Studentinnen und Studenten sehr viel beengter untergebracht sind als wir Ausländer. Acht Personen in einem Zimmer, vier Doppelstockbetten, zwei bis drei Kleiderschränke, drei bis vier Schreibtische. Die Studierenden sind im Unterricht oder lernen in der Bibliothek. Zum Duschen gehen sie ins Badehaus, das einmal pro Woche warmes Wasser führt – immer donnerstags, wenn es bei uns kein heißes Wasser gibt. Privatleben, wie wir es kennen, gibt es nicht. Sex ist sowieso nicht erlaubt; es gibt ihn natürlich, aber wer dabei erwischt wird, riskiert einen Eintrag in die Kaderakte, wird der Universität verwiesen, hat seine Zukunftsaussichten verwirkt.

Beim Einkaufen auf dem Markt verstehen die Verkäufer zwar meist mein Lehrbuchchinesisch, ich aber oft nicht ihre Antworten.

Abends gehen wir oft in eins der kleinen privaten Restaurants draußen vor dem Campus.

„Women chi huoguo", sage ich und meine: „Wir möchten Feuertopf essen". Die Kellnerin sieht mich ratlos an und wiederholt fragend die beiden Silben „huoguo", die für mich eindeutig „Feuertopf" bedeuten, nicht aber für sie, wie es scheint. Wir führen einen zweisilbigen Dialog „huoguo" - „huoguo" - „huoguo" - „huoguo", leise, laut, ungeduldig, ruhig, bis ein Feuertopf, wie wir ihn haben wollen, an den Nebentisch gebracht wird. Darauf zeige ich, und unserer Kellnerin steht die Erleichterung deutlich ins Gesicht geschrieben:

„Dongle, nin yaode shi huoguo!" – „Verstehe, Sie möchten Feuertopf!"
„Sage ich doch die ganze Zeit", denke ich, aber das stimmt nicht, in unserer Aufregung hatten wir die Silben „huo" und „guo" in gar keinem Ton ausgesprochen und haben dasselbe zur besseren Verständlichkeit immer kauter wiederholt. Natürlich, „huo" im dritten, im tiefen Ton, Feuer! Und „guo" im ersten Ton, Topf. Da habe ich den Beweis für etwas, das ich theoretisch von meinem ersten Lehrer weiß: Wenn das Chinesische ohne Töne gesprochen wird, erkennen Einheimische es oft nicht als Chinesisch; falsche Töne können dagegen hinterfragt und korrigiert werden.

Mit Hilfe von Einstufungstests werden wir der je angemessenen Klassenstufe zugeordnet; der Unterricht ist sehr verschult.

„Wie hast du gelernt, gesprochenes Chinesisch so gut zu verstehen?", frage ich nach einigen Wochen meinen italienischen Kommilitonen Paolo, der schon viele Jahre in China ist.
„Mit Freunden und meinem ‚fudaolaoshi'", antwortet er. Das sei ein chinesischer Student, der sich durch Unterricht für einen Ausländer etwas Geld dazuverdiene. „Und mit viel Zeit, das geht nicht von heute auf morgen."

Was ich schneller bewerkstelligen kann, ist der Erwerb eines Fahrrades.

„Wo hast du dein Fahrrad her?", frage ich eine Mitbewohnerin im Waschraum. Ihr besonders schönes Exemplar ist mir vor dem Wohnheim aufgefallen.
„Ich habe es auf dem Gebrauchtmarkt gekauft, nachdem mein erstes nach ein paar Wochen gestohlen worden war..."
„Gebraucht? War es denn gut?", ich will nicht sparen, sondern ein verlässliches Fahrrad haben.
„Ja, sehr gut. Bei fabrikneuen aus chinesischer Produktion weißt du nie, ob es nicht an der nächsten Ecke schon die erste Schraube verliert. Bei einem gebrauchten Fahrrad kannst du zumindest davon ausgehen, dass es schon eine Weile gefahren – und dann wahrscheinlich geklaut worden ist. Den Tipp hat uns ein chinesischer Freund gegeben."

Quirligbuntes Durcheinander auf dem nahe gelegenen Gebrauchtmarkt. Fahrräder über Fahrräder, von ihren Verkäufern wortreich angepriesen.

„Hier, Top-Qualität, für Sie extra preiswert!"
„Besonders bequemer Sattel!"
„Fast neu!"

Jeder Händler, an dem wir vorbeigehen, spricht uns an. Damenfahrräder, Herrenfahrräder, alle ohne Licht und ohne Rücktrittbremse, wie in China üblich. Mir schwirrt der Kopf.
Ein Herrenrad hat es mir angetan – wenn ich das nicht ganz so deutlich gezeigt hätte, wäre der Endpreis nach dem Verhandeln sicher günstiger für mich ausgefallen. Diese Kunst des Pokerface beherrsche ich bis heute nicht recht.

Ein neuer Alltag, ein Wir-Alltag beginnt. Wir stehen morgens gemeinsam auf, frühstücken auf den Betten sitzend, die zusammengerückten Stühle zwischen uns, Obst, Tee, manchmal Joghurt und weißes Brot mit Butter dazu, beides im Campus-eigenen, auf ausländische Gaumen eingestellten Lädchen zu bekommen.

Mittags essen wir in der Mensa, in der für Ausländer.

„Dürfen wir in die andere Mensa nicht hinein?", fragen wir.
„Natürlich dürfen wir das, es ist auch billiger. Aber da ist es irre voll und eng, es gibt nur chinesisches Essen, und ihr müsst euer Essgeschirr selber mitbringen."
„Wir gehen abends immer chinesisch essen, das ist lecker", wir lassen uns nicht abschrecken. „Und Geschirr mitbringen ist kein Problem."

Erst als wir die andere einmal ausprobieren, wird uns bewusst, wie sehr „unsere" Mensa an westliche Bedürfnisse angepasst ist;

wir bleiben bei der für ausländische Studierende. Mindestens die Hälfte der chinesischen Studierenden nimmt das in der Mensa erbeutete Essen mit in ihr Zimmer oder im Sommer hinaus ins Freie; sie würden in der Mensa schwerlich Platz finden.

„Jetzt ein gutes Stück Brot mit Käse", seufzen wir manchmal abends.
„Mit Käse kann ich dienen", sagt eine Flurnachbarin.
„W-A-A-S?!"
„Im ersten Stock, in der Mensa für Muslime, da gibt es Käse zu kaufen."

Am nächsten Tag:
„Liang kuai nailao", sage ich an der Theke im ersten Stock der Mensa und recke dem Angestellten erklärend meine Hand entgegen, Zeigefinger und Daumen gespreizt: „Zwei Stück Käse."
"ACHT STÜCK??!!!", schreit der Verkäufer entsetzt und spreizt Daumen und Zeigefinger in der gleichen Weise wie kurz zuvor ich es getan habe: „BA KUAI!!!??"

Achja: Daumen und Zeigefinger, das ist das chinesische Fingerzeichen für die Zahl acht, weil es dem Schriftzeichen für die Zahl acht ähnelt. Hätte ich Zeige- und Mittelfinger einer Hand emporgereckt, wäre es nie zu dem Missverständnis gekommen.

Es ist Herbst, an einem sonnigen Wochenende beschließe ich, in die Duftenden Berge im Westen der Stadt zu fahren, in die „Xiangshan". Eine Radtour soll es sein, überlege ich mir, keine Busfahrt. Ich sehe vorher auf die Karte und freue mich auf eine Fahrradtour bei angenehmen Temperaturen. Allerdings war mir vorher nicht klar, dass der Weg dorthin stetig bergan führt, ich gerate mächtig ins Schwitzen.

Am darauffolgenden Montag sollen wir im Unterricht erzählen, was wir am Wochenende gemacht haben.

„Ich bin mit dem Fahrrad zum Xiangshan-Park gefahren", beginne ich.
„Sind Sie auf den Berg hochgestiegen?", will die Lehrerin wissen, es geht um Konversation.
„Nein, ich war müde von der Fahrt."
„Was für Bäume haben Sie in dem Park gesehen?"
„Ich habe knallrote Blätter mitgebracht." Die Lehrerin ruft mir das korrekte Wort für „Ahornbaum" in Erinnerung.
Stimmt, die waren beeindruckend schön gewesen, aber mir geht es mehr um meine sportliche Fahrt, die ich mal eben so und ohne Gangschaltung hingelegt habe: Hin und zurück 25 Kilometer. Und alles, was die Lehrerin interessiert, sind rote Blätter?

„Was haben Sie denn gemacht?", spricht die Lehrerin einen Studenten aus Syrien an.
„Ich war im Kaiserpalast", das sagt er nur, um bei der Lehrerin Eindruck zu schinden und weil er die Vokabel kennt, denke ich. Er führt auf Wohnheimpartys immer große Reden, in denen es nie um Kultur oder Geschichte geht.
„Wir haben mit ein paar Leuten Basketball gespielt", sagt eine Studentin aus Indien.

Der Unterricht geht weiter, und mir dämmert langsam, warum ich keine Anerkennung für meine Radtour vom Wochenende finde: Die Mitschüler sind zu sehr mit der Ausformulierung eigener Aktivitäten beschäftigt, und für die Lehrerin ist es nichts Besonderes, mit einem Fahrrad ohne Gangschaltung 25 Kilometer zurückzulegen. Entweder Bus oder Fahrrad, das ist eine Frage des Geldes, nichts weiter.

Der Unterrichts- und Wohnheimalltag wird Routine, es gilt jetzt den Radius zu erweitern:

Zum Nationalfeiertag bin ich mit Tang verabredet, den ich aus dem Studentenwohnheim in Klonland kenne. Er ist zurück an seiner Universität in Qingdao. Es wird meine erste Zugfahrt in China und das an einem landesweiten Feiertag, ich denke nicht rechtzeitig daran, eine Fahrkarte zu kaufen und bekomme nur noch „yingzuo", „hard seat", keinen Liegewagen. Es sind 16 Stunden Fahrt.
„Puuh", stöhnend wanke ich in Qingdao Tang entgegen.
„Hallo", begrüßt er mich. Wir haben uns mindestens zwei Jahre nicht gesehen. „Wenn du willst, zeige ich dir auf dem Weg nach Hause gleich etwas von der Stadt", fährt er fort. Mir ist nach 16 Stunden nächtlichen Hartsitzens nur nach Bett zumute, ich bin aber zu höflich und unsicher, das zu äußern – und außerdem neugierig auf die Stadt. Wir nehmen einen innerstädtischen Bus.

Heute weiß ich, dass Chinesinnen und Chinesen nicht selten 72 oder mehr Stunden „hart sitzend" Zug fahren, vor allem zum Frühlingsfest, wenn alle zu ihren Familien fahren. Aus diesem Grund wohl hat Tang meine Erschöpfung gar nicht recht wahrgenommen.

Tang zeigt mir einiges in der Stadt, gegen fünf Uhr sind wir bei ihm zu Hause. Seine Frau begrüßt mich, ich kenne sie nicht, er hat erst nach seinem Studienaufenthalt in Klonland geheiratet, das Kind sei bei ihren Eltern, sie wohnen in der Nähe. Zum Abendessen gibt es Jiaozi, ein sehr kommunikatives Essen, weil es normalerweise gemeinsam zubereitet wird. Traditionell ist es das Essen für die ganze Familie zum Frühlingsfest, Tang und seine Frau machen es einfach so für mich: Teigtaschen mit Gemüse- oder Fleischfüllung.

„Du legst dir ein rundes Stück ausgerollten Teigs auf die linke Hand ...", Tangs Frau hat den Teig vorbereitet, während wir in der Stadt unterwegs waren, Tang beginnt mit den weitergehenden Erklärungen.
„Mit der anderen Hand die Jiaozi formen?" Ich hatte diese leckeren Teigtaschen bisher nur gegessen, nicht gemacht.
„Ja", Tang macht es vor.
„Ihr habt fünf verschiedene Füllungen vorbereitet?!", staune ich.
„Ja, drei mit Meeresfrüchten, schließlich wohnen wir am Ozean", erklärt Tang stolz.

Man sieht meinen Teigtaschen an, dass sie von ungeübter Hand gebaut sind. Dennoch wird es ein Festessen, von dem so viele Jiaozi übrig bleiben, dass es den Rest tags darauf zum Frühstück gibt, gebraten.
Am nächsten Tag zeigen meine Gastgeber mir den Hafen mit großen Fischerbooten, wir machen eine kurze Bootsfahrt aufs Meer hinaus. Nach den ersten Smog-Wochen in Peking tut es gut, frische Meeresluft zu atmen. Es ist verblüffend zu sehen, wie durchsetzt mit westlicher Architektur die Silhouette der früheren deutschen Handelskolonie ist. Später spaziere ich, Tang muss wieder arbeiten, allein durch die Straßen mit der heimatlich vertrauten Bebauung. Es fehlen nur die am Straßenrand geparkten

Mittelklassewagen, sonst könnte es eine Kleinstadt sein, in der meine Patentante gleich um die nächste Ecke kommt. Aber Privatwagen gab es in China noch nicht. Kleinstadt deshalb, weil Qingdao damals ungefähr anderthalb Millionen Einwohner hatte, was sich im Vergleich zu Peking mit seinen damals gut fünf Milllionen Menschen tatsächlich kleinstädtisch anfühlte.

Die Rückfahrt, ebenfalls auf einem „hard seat", scheint mir bei weitem nicht so anstrengend wie die Hinfahrt.

„Aufpassen konnte er schon immer gut", sagt eine Freundin über einen Kommilitonen, der bei unseren Taschen bleibt, während wir zur Toilette gehen. Es ist der 3. Oktober 1990, wir sind im Pekinger Palace Hotel, seinerzeit einem der besten Hotels am Platz, die Botschaft hat zur Wiedervereinigungsfeier geladen.
„Wie meinst du das?", frage ich.
„Sowas hat man gemerkt. Es war manchmal fast unheimlich zu erfahren, was er alles wusste und wem weitererzählte."
Der Mauerfall liegt ein Jahr zurück. Dann spricht ein Mitarbeiter der Botschaft.

„... epochale Ereignisse ..." ... „Es ist das Verdienst von Helmut K..."
„W-A-S?", tuschelt die Freundin mir ungehalten ins Ohr. „WIR waren auf der Straße und haben etwas riskiert. WIR, nicht K."

Denn auch Klonland war einst geklont worden. Aber dann mutierte der eine Teil und hatte den anderen ganz und gar verschlungen. Es gibt jetzt nur noch den gierigen.

Das erste Semester, es ist Winter. Die Heizung in unserem Zimmer läuft durchgehend auf Hochtouren, wir gehen dick angezogen und zuweilen mit Wärmflasche unter dem Pullover zum Unterricht. Überall im Wohnheim und in den Unterrichtsräumen scheint es zu ziehen.

Wenn schon Winter, dann richtig, denken wir, und beschließen, im Anschluss an das Wintersemester in den Nordosten nach Harbin zu fahren, Provinz Heilongjiang „Schwarzer-Drachen-Fluss", um uns die berühmten Eisskulpturen anzusehen.

Achtzehn Stunden Zugfahrt im „yingwo", „hard sleeper" bei immer beißenderer Kälte. Wir haben uns von Kommilitonen diese dicken, schweren Militärwintermäntel geliehen, gefühlte fünfzehn Kilo schwer. Die Zugfenster sind innen vereist. Harbin ist eine Industriestadt und entsprechend verdreckt, wir wohnen im Gästehaus eines Studentenwohnheims mit ebenfalls innen vereisten Fenstern. Geschlafen wird in Daunenschlafsäcken mit zusätzlich darüber gelegten Militärmänteln.

„Wie viele Menschen leben wohl in dieser Eiseskälte?"
„Gut zwei Millionen, habe ich gelesen", erwidert die Freundin.
„Wahrscheinlich gewöhnt der Körper sich daran."
Heute, zwanzig Jahre später, hat Harbin fast fünfmal so viele Einwohner.
„Einige hacken im Winter sogar ein Loch ins Eis und schwimmen im Fluss", sagt die Freundin unternehmungslustig.
„Ohne mich", stelle ich entschieden fest. „Ich beschränke mich auf die Eisskulpturen, ich bin schon sehr gespannt."
„Schon gut, ich will ja nur mal zugucken."

Aus der Ferne sehen wir später ein paar Männer, die kurz in das Loch im Eis springen, das sie eben aufgehackt haben. In die viel zu großen und schweren Militärmäntel gemummelt wanken wir am nächsten Tag zur Ausstellung der Eisskulpturen.

Die gigantischen Eisblöcke sind so filigran bearbeitet, dass wir bedauern, uns von den ungewohnten 20 bis 30 Minusgraden davon abhalten zu lassen, sie länger und genauer zu betrachten. Wie lange mögen die Künstler den ungemütlichen Temperaturen getrotzt haben? Wenn ihre Hände so steifgefroren waren wie unsere jetzt, wie hatten sie da weiterarbeiten können?
Die Skulpturen sind bunt von innen beleuchtet, wir gehen wie durch ein Märchenland. So sehr wir uns in der Kälte auch beeilen, mir fällt eine riesige Eisschildkröte auf, die in den Farben des Regenbogens blinkt. Meine Freundin findet das wahrscheinlich kitschig, mich aber erinnert es an die Schildkröte meiner Kindheit. Ich trete möglichst nah heran und erkenne auf ihrem eisigen Panzer Muster in blassem Grün. Ich erkenne die verschlungenen Wege wieder, die ich einst im Garten mit Salatblättern legte, um die Schildkröte in eine bestimmte Richtung zu lenken. Es ist unglaublich. Die Zeichen und Symbole, die ich damals für die Schildkröte puzzelte, haben ihren Weg von Kaiserland in den eiskalten Norden Chinas gefunden. Ich muss tatsächlich intuitiv Striche und Punkte und Linien so kombiniert haben, dass sie sowohl zu lebendigen als auch zu Eisschildkröten passen. Leider kann ich nicht lange bei der Skulptur verweilen, stattdessen nehme ich sie fotografisch in mein Gedächtnis auf.

Unsere Finger schaffen es kaum, die Schärfe bei unseren Kameras einzustellen, schließlich gelingt es – da versagt der Auslöser. Wir hatten nur uns warm eingepackt, nicht die empfindlichen

Kameras. Ein geschäftstüchtiger Mann bietet Fotos vor eisiger Kulisse an. Er hat seine Kamera dicker eingepackt als sich selbst. Da stehen wir voluminös verpackt, die Gesichter unter den Fellmützen mit riesigen Ohrenklappen kaum zu erkennen, die Abzüge erreichen uns zwei Wochen später per Post.

An der Uni lernen wir die unterschiedlichsten Leute kennen, so auch einen Inder, der chinesisch lernt, um sein Studium der chinesischen Medizin zu vertiefen. Er nehme selbst regelmäßig Kräutermedizin, erzählt er, um seinen Körper und den Geist im Gleichgewicht zu halten. Der Arzt verschreibe ihm jede Woche eine neue Kombination aus einem Dutzend Kräutern, er trinke zweimal täglich den Sud. Aha, denke ich, da lässt ein kerngesunder junger Mann sich jede Woche vom Arzt eine eigens auf ihn und sein Befinden abgestimmte Kräutermedizin verschreiben und nimmt sie täglich ein, nur damit er auch in Zukunft kerngesund bleibt. Das möchte ich auch ausprobieren. Ich fühle mich kerngesund. Zum ersten Mal im Leben gehe ich in eine Ambulanz, ohne die geringsten Beschwerden zu haben. Ich sitze einer jungen Ärztin gegenüber, die mit mir plaudert, meine Zunge sehen will, an beiden Handgelenken den Puls fühlt und gar nicht fragt, was mir fehle. Schließlich schreibt sie ein Rezept auf. In der Apotheke sucht man Kräuter aus vielen kleinen hölzernen Schubladen zusammen, jede Zutat sorgfältig abgewogen, sieben Portionen der Mischung aus gut zehn verschiedenen Kräutern in sieben Papiertüten für sieben Tage der Woche. Ich lasse mich noch über die Zubereitung instruieren, kaufe auf dem Markt den tönernen Topf dazu und kehre heim.
Am Abend leere ich die erste Tüte in den Topf, fülle mit Wasser auf und stelle ihn auf unsere Kochplatte, die wir im Flur auf einen ausrangierten Schreibtisch gestellt haben. Die Kochplatte

besteht aus einem eisernen Gestell mit einem runden Keramikfeld, in das eine dünne Drahtspirale schneckenförmig eingelegt ist, offen. Stecker in die Steckdose, der Draht beginnt zu glühen, das Wasser wird warm. Bei einem Kommilitonen brach mit dieser abenteuerlichen Konstruktion einmal ein Feuer aus, weil er die Herdplatte als Heizung benutzte und ein Nickerchen gemacht hatte.

Das Kochen der Kräuter dauert jeden Abend eine Stunde, während der ich immer in der Nähe bleibe. Denn es muss Wasser nachgegossen und vor allem stets darauf geachtet werden, dass nichts überkocht. Die Platte ist entweder an oder aus, eine Stufenregelung gibt es nicht. Der Duft der Käuter zieht durchs Haus, mitunter werden Freunde aus dem vierten Stock davon angelockt: Was kochst du denn da Leckeres?
Sie haben ja keine Ahnung. Am Ende des einstündigen Kochens, Aufgießens, wieder Kochens und Umfüllens steht ein großer Becher Kräutersud vor mir, der aus der Ferne interessant duftet, bei dem sich mir aber die Gesichtsmuskeln unwillkürlich gequält verziehen, sobald ich mich dem Becher nähere, um die Hälfte, das ist die Abenddosis, zu trinken. Die zweite Hälfte wird am nächsten Morgen im Topf erwärmt und getrunken.
Für diese Kräutermedizin müsste, das denke ich bis heute, ein neuer Begriff in der Kategorie „bitter" erfunden werden. „Wahnsinnig bitter" oder „unglaublich bitter" genügt nicht. Vielleicht „brittrer"?
Wenn Tierisches beigemischt wird, bei mir war es einmal ein getrockneter Wurm oder so etwas, den ich zwischen all den pflanzlichen Zutaten im Topf entdeckte, wird das Ganze außerdem noch extrem salzig. Ich bekam Albträume von riesigen

Schlangen und bat darum, tierische Bestandteile in Zukunft wegzulassen.

Wann und wie bei mir die Idee entstand, einen Beijing Jeep zu kaufen, weiß ich nicht mehr. In Klonland war ich nie besonders gern Auto gefahren, jetzt reizen mich der weniger streng geregelte Verkehr – Schilder und Regeln werden, so hat es den Anschein, nur beachtet, wenn Polizei in der Nähe ist. Außerdem die damals noch sehr übersichtliche Zahl von Autos.
Vielleicht war es auch einfach eine spontane Idee auf die Anzeige hin: „For Sale: BJ 212". Beijing Jeep 212. Ein Auto, das millionenfach durchs Land fuhr, ein robuster Wagen, der so seit 1964 gebaut wurde. Ich wählte die angegebene Rufnummer und machte einen Termin aus. Wir fuhren zu zweit in eins dieser Ausländerghettos und trafen den Mann, der das Auto verkaufte, einen Holländer. Probefahrt. Ich setze mich ans Steuer, lasse mir die Gangschaltung erklären, drei Vorwärtsgänge, ein Rückwärtsgang. Wahlweise Allradantrieb. Dafür ist ein Knüppel neben der Gangschaltung zu betätigen, was allerdings einen Kraftakt erfordert, den ich nicht aufbringe. Egal, zu zweit werden wir es schaffen, falls es nötig werden sollte.
Ich drehe ein paar Runden auf dem Vorplatz der Wohnanlage, dann sehen meine Freundin und ich uns an:

„Wild und gefährlich?"
Die Freundin nickt: „Wild und gefährlich."

Wir bezahlen und lassen uns die Autopapiere aushändigen, die auf einen holländischen Namen ausgestellt sind, Peter Burman.

Beide haben wir in Klonland nie ein Auto gekauft, wahrscheinlich denken wir, dass in China sowieso alles anders ist und wir keine auf uns ausgestellten Papiere brauchen, oder wir denken überhaupt nicht. Jedenfalls halten wir alle Formalitäten für erledigt und fahren in dem Jeep quer durch die Stadt nach Hause, zum Institutsgelände und dem Wohnheim.

Die erste Fahrt quer durch Peking. Mit dem Fahrstil komme ich gut zurecht, kenne ich ihn doch schon lange genug aus der Fahrradperspektive. Nur sind die Abmessungen dieses Jeeps anders als die eines Fahrrads und auch anders als die der Ente, die ich in Klonland einst fuhr.

„Doolittle", sage ich. „Er heißt Doolittle."
„Wer?"
„Der Jeep. Er heißt Doolittle."
„Wieso ausgerechnet Doolittle?"
„Weil der Name schön klingt und weil er für mich ein unbeschriebenes Blatt ist, genau wie das Auto", erkläre ich. „Ich will den Jeep nicht ‚Anne' oder ‚Paul' nennen, weil irgendwer so heißt. Er soll einen ganz eigenen Namen haben."

Ab sofort machen wir an fast jedem Wochenende eine Fahrt in die Umgebung von Peking, wobei Doolittle oft das eigentlich Abenteuerliche ist, nicht unser Ausflugsziel. Denn er zeigt immer wieder so etwas wie einen eigenen Willen, springt nicht an, wird heiß (wir haben vergessen, Kühlwasser nachzufüllen), geht immer wieder aus, verliert Öl… Aber stets sind gleich hilfsbereite Menschen zur Stelle, wir genießen Ausländer- und Frauenbonus, der Wagen ist immer schnell wieder flottgemacht. Jeder kennt das Modell und traut sich zu, daran herumzuschrauben.

Auch bei den gelegentlichen Polizeikontrollen wirken unsere Boni, wir mogeln uns immer wieder ohne gültige Papiere durch. Nur zu jener Ente damals in Klonland habe ich eine ähnlich innige Beziehung entwickelt wie zu Doolittle.

Eine Familienfeier steht an, in Klonland. Mein Entschluss steht fest: Ich fahre mit dem Zug hin. Damit es auch Spaß macht.

Zum Glück möchte ein befreundeter Student, der fließend Russisch spricht, auch mit dem Zug nach Klonland; das nimmt mir die Angst vor dem Umsteigen in Moskau verknüpft mit einem mehrtägigen Aufenthalt dort. Die Fahrkarten bis Moskau kaufen wir über ein ausländisches Reisebüro in Peking, zwei Plätze im Viererabteil.
Am Bahnhof das übliche Gewimmel, nur noch turbulenter und bunter als wir es von innerchinesischen Reisen kennen. Wir wühlen uns zu unserem Wagen durch, der ausschließlich mit Rucksacktouristen aus aller Welt besetzt zu sein scheint, die in demselben Reisebüro gebucht haben wie wir. Viele tragen das T-Shirt mit dem Logo der Firma darauf, in billiger einheimischer Produktion hergestellt, meines zerfällt bald in seine Fasern. Weiter hinten sind die Waggons mit den billigeren Plätzen: Sehr eng und wenig Platz für Gepäck, dort fahren die russischen und polnischen Händler mit stapelweise gewaltigen Kisten und Kästen und diesen riesigen blaurotweiß gemusterten Tragetaschen voll chinesischer Billigprodukte.

Wir alle richten uns in den Abteilen ein, sind aber während der fünftägigen Fahrt nur nachts dort anzutreffen, alle bewegen sich ständig durch den Zug, reden mit Mitreisenden, vertreten sich bei jedem Halt die Beine auf dem Bahnsteig. Bei den Wande-

rungen durch den Zug fällt auf, dass viele Händler ihre Ware auf ihren Betten lagern und nachts darauf schlafen – so berührt mitunter die eigene Nasenspitze das darüberliegende Bett, aber ihnen kann auch nichts unbemerkt gestohlen werden.
Bei einigen der Haltestellen kaufen wir von den angebotenen Köstlichkeiten der Region. Ich erinnere mich an viele bunte Würste, die auf einem Bahnsteig irgendwo in Sibirien angeboten werden. Rote, grüne, gelbe, blaue – weit und breit keine lilafarbenen.

Wir unterstehen unserem Waggonmeister, der seinen Beruf wie alle anderen sehr ernst nimmt. Sie putzen an Bahnhöfen die Wagen und Fenster von außen, sind Ansprechpartner für alles – auf Russisch. Unser Waggonmeister ist groß und breit gebaut, grobschlächtiges Gesicht, eine auffällige russische Tätowierung auf dem Arm, Martin sagt, es sei ein Ausspruch von Lenin.

Die Sprache öffnet Türen, Martin unterhält sich länger mit dem Waggonmeister und kommt mit der frohen Botschaft zurück, dass wir gelegentlich und auf Absprache kalt duschen können. Dazu wird ein Schlauch unter die Decke des engen Toiletten- und Waschraums so verlegt, dass man sich wie unter einem Gartenschlauch waschen kann.

Als ich diesen Luxus nach einigen Tagen zum zweiten Mal genießen will und mich in der engen Klokabine gerade ausziehe, öffnet der tätowierte Hüne mit Hilfe seines Generalschlüssels die Tür, schaut herein, ich schreie gellend – was in dem ratternden Fahrgeräusch des Zuges zwar untergeht, dennoch stolpert er zurück und hinaus. Folgt das Wesen mir bis in die Weiten Sibiriens? Hört das denn nie auf? Es bleibt jedenfalls bei einem

Duschversuch im Zug, ich nutze den Service nie wieder, meide den Mann, so gut es geht.

„Ich bin Anne aus Schottland, Edinburgh", auf dem Gang höre ich eins der vielen Gespräche zwischen Reisenden.
„Nach Schottland will ich auf meiner Reise auch noch. Darf ich dich besuchen?"
„Ja natürlich. Wann wird das etwa sein?"
„In drei Monaten wahrscheinlich. Gib mir doch deine Adresse und Telefonnummer."
„Ach was, viel einfacher, du kommst bei mir vorbei, in drei Monaten bin ich auf jeden Fall wieder zu Hause. Wenn ich gerade nicht da bin, hinterlässt du eine Nachricht an der Tür."
„Trotzdem brauche ich deine Adresse."
„Es ist nicht zu verfehlen", Anne zückt immer noch keinen Stift, um ihre Adresse aufzuschreiben. „Im Hafen von Edinburgh steht ein Turm mit einer Uhr daran. Hinter dieser Uhr wohne ich." Anne wendet sich mir zu: „Komm du doch auch mal vorbei."
Dann werden Reiseerlebnisse und Reiserouten ausgetauscht – und Adressen, die allerdings im Grau der Alltagsgewohnheiten anschließend schnell ihre bunte Faszination einbüßen und als kostbare Einmaligkeiten zwischen exotischen Fahrkarten und fremdartigen Postkartenbildern hin und wieder hervorgekramt, befühlt, berochen und bedacht werden. Es war die Zeit vor E-Mail und Digital-Fotografie.

Ich habe Anne hinter der Uhr im Hafen von Edinburgh, Schottland, nie besucht. Es hat sich nicht ergeben. Aber ich habe sie auch nie vergessen.

Martin hat über Bekannte eine Wohnung in Moskau organisiert, in der wir bleiben können, bis die Fahrkarte nach Klonland gekauft ist. Drei Tage später sitzen wir wieder im Zug.

Die Landschaft wird immer vertrauter. Aus Pagoden in China werden Zwiebeltürme in Russland und schließlich Kirchtürme in Polen und Klonland. Am Ende rollt der Zug im Ostbahnhof ein. Ich steige aus und mische mich unter die Menschen, die wahrscheinlich von Lichtenberg nach Pankow oder Köpenick nach Frohnau fahren, vollende meinen Weg von Peking-Haidian nach Dahlem und komme zum ersten Mal mit Leib und Seele bei meinen Eltern an, als ich mit meinem Rucksack auf dem Rücken zum Gartentor hineinspaziere. Bei jedem Rückflug davor und danach brauchte ich mindestens eine Woche, um nicht nur die Zeitdifferenz, sondern auch die geografische Distanz zu verdauen.

Die Feier soll ein paar Tage später stattfinden. In Peking habe ich mir einen Hosenanzug aus grüner Seide schneidern lasen, jetzt kaufe ich mir die passenden Schuhe dazu. Bei der Feier gibt es auch Spiele. Irgendein Familienmitglied hat ein Paket gepackt, in dessen Adressfeld „für den Gast mit dem schrillsten Outfit" steht, diejenige wird durch kurze Diskussion ermitttelt, das Paket zugestellt. Die Frau mit dem Schildkrötenpanzer auf dem Rücken und grell lackierten Fingernägeln hat das Rennen gemacht, sie reißt die nächste Schicht Packpapier auf, jetzt ist das Paket „für den Gast mit der weitesten Anreise", ich werde allen vorgestellt. Und reiße wiederum die äußere Schicht Geschenkpapier auf. So werden nach und nach einige der Anwesenden der großen Gesellschaft bekannt gemacht, das Paket wird immer kleiner, je mehr Schichten von dem Papier entfernt werden, und am Ende wird als Empfängerin die „klügste Frau

im Raum" gesucht. Die hundertköpfige Gesellschaft entscheidet nach zweistündiger Beratung, dass damit nur meine Mutter gemeint sein könne, und so obliegt es ihr, das Paket zu öffnen. Zum Vorschein kommt das Modell einer Badewanne mit feinsten Mosaiken aus Pappmaché, wie es sie in Originalgröße in der Schneewüste in Kaiserland gab. Mir wird mulmig, doch endgültig schlecht wird mir, als ich sehe, was in dem Modell liegt: viele hell lilafarbene Marzipanwürstchen - oder bilde ich mir das nur ein? „Oh wie süß!", kreischen besonders diejenigen Anwesenden entzückt, die die Schneewüste und das Hotel mit den heißen Quellen kennen.
Später werden Anekdoten aus der Kindheit verarbeitet.
Die erste Geschichte spielt in Kaiserland, Sonntag, Gottesdiensttag. Eines von uns Kindern hat keine Lust, zur Kirche zu gehen, versteckt sich, der kleinere Bruder sagt ihm immer rechtzeitig, wo der Vater gerade sucht, bis es dem kleinen Bruder zu heiß wird und er seinen Job hinschmeißt. Ohne seine Hilfe ist der Kirchenflüchtling schnell gefangen, er wird begnadigt, braucht nicht zum Gottesdienst zu gehen, muss dafür aber seitenweise Text aus der Bibel abschreiben.

Die Szene wird mit viel Gelächter nachgespielt: Gottesdienstbesuch als Pflicht und Bibelabschreiben als Strafe bei Nichterfüllung. Hahaha. Pastorenpädagogik? Wenn ich damals dem Wesen auch hätte davonlaufen können, wenn nur jemand das Wesen verjagt hätte, oder wenn mir jemand geholfen hätte ein Versteck vor ihm zu finden, vielleicht könnten wir dann heute auch darüber lachen. Aber so schweigen die einen, und ich kann nicht mitlachen.

Irgendwie geht das Fest vorbei; alle scheinen sich gut amüsiert zu haben.

Egbert ist inzwischen entlassen worden, es war ausgemacht, dass er mich besuchen kommt, mit dem Zug, ich schicke ihm Geld für die Fahrkarte. Meine Eltern verbieten ihm das Haus, er darf zum Guten-Tag-Sagen kommen, aber nicht zum Übernachten. Das dürfen wir dann beim Bruder, ebenfalls Pastor.

„Geil", sagt Egbert, als wir zum Kaffeetrinken zu meinen Eltern fahren. „Dann hätte ich ja damals gar keinen Bruch machen müssen."
„---???", ich bin mit meinen Gedanken woanders.
„Naja, damals mit dem Kumpel, wir wollten unbedingt sehen, wie es bei so einem Pastor zu Hause aussieht, da sind wir eingebrochen." Irgendwie bin ich froh, dass das Fahrgeräusch der U-Bahn unser Gespräch übertönt.
„An der nächsten Station müssen wir aussteigen", unterbreche ich dann seine Erinnerungen.

Das Zusammentreffen von ihm und meinen Eltern ist unspektakulär. Nur mein kurzer Abstecher zur Yasmin hat sich tief in mein Gedächtnis geprägt. Yasmin weint, ich sei ein guter, lieber Mensch, sagt sie, was wolle ich mit einem Bankräuber? Ihre Angst und Sorge um mich teilen sich mir eindringlicher mit als die von Vater und Mutter mit ihrem Hausverbot. Ich versuche Yasmin zu sagen, dass ich achtsam sein werde – mit Hilfe des Peking Opas, denke ich, ohne es auszusprechen.

Etwas später geht es zurück nach Peking, diesmal – einszweidrei im Sauseschritt – mit dem Flugzeug. Vielleicht liegt es an dem

Besuch in Klonland, wo jeder Mensch mindestens ein Zimmer bewohnt, jedenfalls nehme ich mir jetzt doch ein Einzelzimmer im Wohnheim. Es ist ungewohnt luxuriös, 12 Quadratmeter für mich allein zu haben. Aber meine Mitbewohnerin fehlt mir auch: Wie sie ihre Strümpfe anzieht, wie sie einschläft, wie sie aufwacht, mit welchem Gesichtsausdruck sie sich besonders gut konzentriert, wo sie Lernfrust hinsteckt. Wir haben ein Jahr enger zusammen gelebt als in unserem Kulturkreis die meisten Ehepaare.

Jetzt ordnen wir unser jeweiliges Einzelleben neu. Beide machen wir Frühsport – was wir nicht taten, solange wir zusammen wohnten. Sie joggt, ich mache Taijiquan, Schattenboxen. Morgens zwischen sechs und sieben Uhr ist der Campus voller Menschen, die sich körperlich ertüchtigen. Da wird mit Bällen gespielt, gelaufen, sich gedehnt, rückwärts gegangen, an Geräten geturnt oder einfach gebrüllt. Lang anhaltend, laut, ungebremst, mitten auf dem Sportplatz stehend, ungeachtet der Menschen ringsum. Alles ist erlaubt, niemand beobachtet die anderen, jede und jeder tut etwas für sich, Studierende, Lehrkräfte, Rentner.

Einige Monate später kommt Egbert mich besuchen. Der erste Flug seines Lebens, zum ersten Mal so weit weg von der Heimat. Dennoch fällt erst beim Anblick des Jeeps seine weltmännisch coole Maske:

„Geil!", am liebsten hätte er sich gleich ans Steuer gesetzt.

Ein paar Tage später. Wir fahren in die Berge bei Peking, es ist eine felsigkarge Gegend, die Straße schon bald nicht mehr asphaltiert. Irgendwie stranden wir bei einer Familie, die dort in der Abgeschiedenheit lebt, die Kinder müssen einen weiten Schulweg über Stock und Stein haben, denke ich. Hier fühlt Egbert sich heimisch, ich mühe mich mit dem unverständlichen Dialekt ab, um Frau und Oma zu verstehen, Egbert der Handwerker genießt mit dem Bauern in sprachloser Eintracht den angebotenen Schnaps.

Wir sitzen mit der ganzen Familie auf dem Kang, dem in Nordchina üblichen Ofenbett, im Winter außer der Küche der einzig warme Ort im Haus. Mein Widerstand ist zwecklos, Egbert und ich müssen mitessen. Egbert folgt gern auch weiterhin dem Vorbild des Hausherrn, hält seine Zigarette in der linken Hand, in der rechten die Stäbchen, zwischendurch wird weiter Schnaps gebechert; wir Frauen bereiten dem schließlich ein Ende, die Männer sind nicht mehr recht Herr ihrer Sinne. Egbert und ich fahren zurück nach Peking.

Am Abend im Bett fällt mir zum ersten Mal auf, dass Egbert mir beim Eindringen in mich weh tut. Vielleicht geht er jetzt, da er in Freiheit und fern der Heimat ist, hemmungsloser zur Sache, jedenfalls schmerzt meine Haut mehrere Tage lang. Dann ist es wieder gut – bis beim zweiten oder dritten Beisammensein danach das Gleiche passiert. Ich nehme es als „normal" hin, spreche auch später, nachdem ich erlebt habe, dass Geschlechtsverkehr nicht zwingend Schmerzen bereiten muss, mit niemandem darüber. Denn die seelischen Schmerzen, die das Wesen in mir ausgelöst hat, sind in der Familie bis heute kein Thema.

„Das war gut, das Zeug", sagt Egbert am nächsten Tag, als er seinen Rausch ausgeschlafen hat. „Ich habe gar keinen dicken Kopf."

Später fahren wir mit dem Jeep ans Meer, an den Ort, den auch Deng Xiaoping einst gern besuchte, Beidaihe. Mit meiner Freundin bin ich schon mehrfach hier gewesen. Immer wenn Peking uns zu voll, zu laut und zu versmogt vorkam, egal in welcher Jahreszeit, kauften wir Zugfahrkarten und suchten am Meer Zuflucht, spazierten am Wasser entlang, im Sommer barfüßig im Sand, im Winter dick eingepackt, und immer kehrten wir aufgetankt mit frischer Luft, Meeresbrise und dem Nachgeschmack frischen Fischs im Mund nach Peking zurück. Mit Egbert fahre ich erstmals im Auto nach Beidaihe.

„Lass uns an den Strand fahren!", sagt Egbert.
Ich bin einverstanden, auja, denke ich, eine Strandwanderung. Aber darum geht es Egbert nicht: „Wir können bis ans Wasser fahren, hat der Wagen nicht Allradantrieb?", fragt er begeistert.
„Ja, aber den kriege ich nicht rein, der ist zu schwergängig."
Egbert lässt nicht locker: „Ach was, ich mache das."
Er setzt sich hinters Steuer und schaltet den Vierradantrieb ein, seine Augen leuchten. Dann steuert er auf den Strand zu und weiter durch den Sand Richtung Wasser. Eine Fahrt mit Allradantrieb habe ich das letzte Mal in Afrika erlebt, als Kind und auf der Rückbank.
„Siehst du, dazu ist so ein Auto da!"
Ein paar hundert Meter fahren wir den menschenleeren Strand entlang, Technikbegeisterung statt Romantikspaziergang.

Dann sind die Ferien zu Ende, Egbert reist ab. In einer Unterrichtspause spricht der Italiener Paolo mich an: „Ich glaube, du bist die Frau, die ich suche. Ein Freund von mir, Yang, ist gerade aus Klonland zurückgekommen und sucht Kontakt, um die

Sprache nicht zu vergessen."
„Hat er dort studiert?"
„Nein, er hat ein Praktikum gemacht."
„Weißt du, wo genau er war?"
Nein, die Stadt konnte Paolo mir nicht nennen. Ich habe keinen chinesischen Austauschpartner, es blieb bisher beim Vor- und Nachbereiten von Unterricht, ohne freundschaftlichen Kontakt. Vielleicht ist es diesmal anders?
„Egal, lass uns auf jeden Fall etwas ausmachen."
Dienstagnachmittag treffen wir uns zu dritt auf dem Sportplatz vor meinem Fenster. Paolo und Yang sprechen Chinesisch miteinander, darum tun Yang und ich das auch.

Yang spricht bei unseren Treffen in den nächsten Wochen viel von Klonland, es hat ihm gut gefallen; es sei so sauber dort, alles, Gebäude, Straßen, Luft. Ein weißes Oberhemd habe nach zwei Tagen immer noch einen weißen Kragen gehabt. In Peking, weiß ich inzwischen, ist er nach wenigen Stunden schwarz. Yang war in Gattsturt, erzählt er, hat bei einem Autohersteller ein Praktikum gemacht.
„Da werden die Fensterbänke von außen geputzt!", staunt er.

Ich muss lachen, bin ich doch lange genug in Peking, um zu wissen, dass Staub und Dreck auf Fensterbänken in der Wohnung fast stündlich schwarz nachwachsen. Die schwäbische Hausfrau würde verzweifeln.

„Als ich nach einem knappen Jahr zurückkam, hatte meine Mutter vorher gründlich sauber gemacht. Aber es war dreckiger als in Klonland vor einem Hausputz."

„Ich weiß. Das heißt aber nicht, dass deine Mutter schlecht geputzt hat, es liegt an Peking."

Manchmal sind wir unterwegs, und er erinnert sich an begrünte Mittelstreifen auf mehrspurigen Straßen.

„Auf Autobahnen", er gerät ins Schwärmen, „dichter Verkehr, drei Spuren in jeder Richtung, und in der Mitte ein sorgfältig gepflegter Grünstreifen!"
Zu mir ins Wohnheim darf er nur zwischen 16 und 22 Uhr kommen und muss sich in der Pförtnerloge am Eingang des Studentinnenwohnheims eintragen sowie seinen Ausweis hinterlegen. Oft wird über die Gegensprechanlage um Punkt 22 Uhr an das Ende der Besuchszeit erinnert; wenn die Pförtnerin durch das Fernsehprogramm stärker absorbiert ist, entfällt das. Es geht darum, scheint mir, die eigenen Landsleute vor einem Übermaß an westlich-dekadentem Einfluss zu schützen. Zu jener Zeit war Chinesinnen und Chinesen das Händchenhalten auf dem Campus untersagt. Die blutige Niederschlagung der Demokratiebewegung war nicht lange her. Heute wird an jeder Bushaltestelle geknutscht.

Gelegentlich werden am Spracheninstitut so etwas wie Disco-Abende angeboten, von 18 bis 21 Uhr. Gedämpftes Licht, es wird ein bunter Musikmix gespielt, Yang liebt Lambada, den Tanz hat er in Klonland kennengelernt. Er reißt mich begeistert mit, es ist wie ein Rausch, wir tanzen, berühren uns, ich spüre seine Hüften im Takt zucken, der Rhythmus trägt uns einander zu, unsere Blicke treffen sich, seine Augen leuchten verzaubert… plötzlich bricht die Musik ab, mitten im Takt, das Licht geht an, es ist 21 Uhr, Ende des Disco-Abends.

Eines Tages überbringt Yang mir eine Hiobsbotschaft: Für Autos wird eine technische Kontrolle, ein chinesischer TÜV eingeführt, mit anschließendem Anbringen einer Plakette auf der Windschutzscheibe. Dafür müssen die Papiere in Ordnung sein, Durchmogeln war gestern. Yang kennt die neuen Bestimmungen, er hilft mir. Zuerst die Autopapiere.

„Guten Tag, ich möchte die Autopapiere auf mich umschreiben", ich lege das Dokument, das auf Peter Burman lautet, vor den Uniformierten auf den Tisch.
„Kein Problem. Der Kaufvertrag?"
Ich lege das DIN-A-4-Blatt mit den drei handschriftlichen Zeilen und der Unterschrift des Holländers vor ihn hin.
„Die Originale", setzt der Mann nach. „Wann wurde das Auto erstmals erworben?"
„Das weiß ich nicht genau…", ich verstumme.
„Ohne den Original-Kaufvertrag geht gar nichts, so sind die Bestimmungen."
Yang zieht alle Register:
„Herr Burman ist in die Niederlande zurückgekehrt. Yiwa war seine Verlobte, die er einfach hat sitzen lassen."
Yiwa, das ist mein chinesischer Name. Ich steige in die Geschichte ein.
„Peter war ein wundervoller Mann, dann plötzlich gab es eine Geliebte, und weg war er."
„Den Jeep hat er wahrscheinlich mitsamt den Papieren hier gelassen, um sein Gewissen zu beruhigen. Er dachte wohl, mit dem falschen Kaufvertrag sei alles in Butter." Yang scheint Spaß am Fabulieren zu finden. „Darum will sie das Auto auf sich ummelden."

Ich sehe mit gesenktem Kopf auf meine im Schoß nestelnden Hände.
Später erzählt Yang mir, das habe er von seinem Großvater, dem Peking Opa, nie aufgeben, immer weitermachen und an sich glauben.
„Hm", der Bürokrat auf der anderen Seite des Schreibtisches zögert. „Ich werde die Angelegenheit prüfen, kommen Sie morgen wieder."
„Mingtian zailai" – kommen Sie morgen wieder. Das wird nichts, denke ich, das habe ich schon oft gehört, der Mann will es mir nur nicht ins Gesicht sagen, weil er dann mit meiner Enttäuschung umgehen müsste. Yang aber scheint zufrieden, wir verlassen das Büro.

Am nächsten Tag sind die Papiere schon vorbereitet, ich muss nur noch unterschreiben. Der Jeep gehört nun auch offiziell mir. Von der Liebesgeschichte hat der Mann wahrscheinlich kein Wort geglaubt, erklärt Yang mir, zu keinem Zeitpunkt. Aber wir haben ihm ermöglicht, sich ohne Gesichtsverlust über seine Bestimmungen hinwegzusetzen. Mit korrekten Papieren können wir nun zum TÜV; Yang kennt die Adresse.

Der Jeep wird untersucht, eine Mängelliste erstellt, damit fahren wir zu einer Werkstatt jenes Gattsturter Autoherstellers, bei dem Yang sein Praktikum gemacht hat; Yang arbeitet für die Pekinger Niederlassung des Konzerns. Hier wird die Mängelliste abgearbeitet, alles unter „pengyou", Freunden, also kostenlos. Tags darauf bekomme ich vom TÜV die notwendige Plakette, natürlich kostenpflichtig. Gerettet. Der Jeep bleibt mir erhalten.

Über eine Freundin ergibt sich die Gelegenheit, „Zao Yisheng" kennenzulernen, Dr. Zao; „Yisheng" heißt Arzt. Die anschließenden regelmäßigen Besuche bei ihm tun unendlich gut. Er arbeitet bei der Armee; ich bekomme dennoch Zugang zu dem Areal, weil es eine reine Sporteinrichtung ist. Sonst wäre Ausländern der Zutritt verwehrt. Das weitgestreckte Gelände liegt im äußersten Südwesten der Stadt, ohne den Jeep hätte ich eine lange Busfahrt und einen schier endlosen Fußmarsch über unwegsame Landstraßen zu bewältigen gehabt, völlig unrealistisch.

Dr. Zao ist Qigong-Arzt, er treibt schlechtes Qi aus. Die Freundin einer Freundin hat ihn mir vorgestellt. An ein Arztgespräch kann ich mich nicht erinnern. Ich ziehe nichts aus, lege mich rücklings auf eine Liege, er legt mir seine Hände an verschiedenen Stellen meines Körpers mit mäßigem Druck auf, das Gleiche in Bauchlage, dann bewegt er seine Hände etwa 20 Zentimeter über meinem Körper schiebend durch die Luft in Richtung meiner Füße – die daraufhin zu kribbeln scheinen.
So wird Krankes ausgetrieben. Was immer dabei geschieht, es tut mir sehr gut. Ich komme jetzt ein bis zwei Mal pro Woche, und Dr. Zao will nie Geld. Ich bringe ihm ab und zu Zigaretten der Marke „Hongtashan" mit, „Berg der roten Pagode". Kein Geld. Dr. Zao ist kein Mann der vielen Worte, was insofern hilfreich ist, als er starken Shandong-Dialekt spricht und ich Greenhorn ihn, wenn er doch mal spricht, kaum verstehe. Ein Gespräch funktioniert so, dass ich das von ihm Gesagte in meinem Anfängerchinesisch wiederhole und er bestätigt, wenn es das ist, was er sagen wollte.
„Geht es Ihnen gut?"
„Ob es mir gut geht? Ja, alles in Ordnung."
„Wie geht es Ihnen?", frage ich. „Viel zu tun?"

„Es geht. yshaäeiyshaioysha."
„Sie haben eine Einladung nach Japan?"
„Richtig. yshiysheyshaysho."
„Sie sollen dort unterrichten, wollen aber nicht hin?"
„Genau. yshiysheyshaysho."
„Sie hätten zu viel zu tun, um selbst Qigong zu machen?!"
„Exakt. yshiysheyshaysho."
„Dann würden Sie keine Patienten mehr behandeln können?"
„Ja. Es wäre viel zu anstrengend."

Dr. Zao greift zu einer kleinen Gießkanne und wässert die wenigen Blumen draußen vor seinem Zimmer. Die Erde ist staubigtrocken. Dann gehen wir hinein, er beginnt die Behandlung.

Manchmal kommt er mir nicht draußen entgegen, wenn ich mit Doolittle angerumpelt komme, dann klopfe ich an die Tür des Behandlungszimmers, mitunter ist er noch beim Mittagsschlaf, nie aber wird er ungehalten deswegen. Er begrüßt mich so freundlich und für mich unverständlich wie immer und beginnt die Behandlung.

Egbert besucht mich ein zweites Mal. Bei dieser Gelegenheit treffen wir uns zu dritt, Yang, Egbert und ich, im Frühjahr, es ist kalt. Mit Egbert könne er noch besser Deutsch praktizieren, weil der kein Chinesisch spreche, sage ich. Wir gehen zu dritt zum „Glockenturm", um den herum es zahllose kleine Restaurants gibt, winzige Buden, die meisten mit der Spezialität „Shuijiao" oder „Jiaozi", gedämpfte oder gekochte Teigtaschen, manchmal auch gebratene.

„Kennst du Gattsturt?", fragt Yang.
„Ja, grad übade Schwazzwald", antwortet Egbert in seinem Dialekt.

„Du musst noch deutlicher sprechen als mit mir, sonst versteht Yang dich nicht."
„In Gattsturt ist es so ähnlich, das geht schon", sagt Yang selbstbewusst.

„Jetzt gibt es Maultaschen", Yang benutzt die in Lehrbüchern oft verwendete Übersetzung für „Jiaozi", die gleichwohl nicht ganz zutreffend ist.
Wir steuern eins der vielen kleinen Lokale an, in dem noch Platz am Kanonenofen in der Mitte ist. Es ist kalt, auf dem Ofen blubbert kochendes Wasser im Kessel, die Kunden drängen sich in dem vielleicht 15 Quadratmeter großen Gastraum, die Inhaber in der warmen Küche. Das ist für unser Essen sehr gemütlich so - aber Tag und Nacht?, überlege ich. Die Familie geht nach Dienstschluss nicht in ein gut geheiztes Zuhause, sie wohnt hier, das zeigt auch die dezent zum Trocknen aufgehängte Kleidung. Yang präzisiert: „Der Teig der Jiaozi ist dünner als bei Maultaschen, sie sind kleiner und meist gedämpft oder gekocht, viel leichter verdaulich."
Wir bestellen von allem etwas, verschiedene Füllungen, gedämpft, gekocht und gebraten, dazu Saucen, und gegessen wird natürlich mit Stäbchen. Wir sind eine muntere Dreier-Runde, lachen viel, machen Fotos, die wir uns eine Woche später ansehen – das digitale Zeitalter ist noch nicht angebrochen. Die zwei mit mir in der Mitte, Egbert mit mir, Yang mit Egbert, ich mit Yang. Später sagt Egbert, auf den Bildern sei schon zu sehen

gewesen, dass Yang und ich besser zusammenpassten als er und ich.

Ein paar Tage später kochen wir in der Wohnheimküche: Yang, seine Freundin, Egbert und ich. Yang hat eine Köstlichkeit angekündigt.

„Wachteleier?", frage ich, als er den Inhalt seiner Einkaufstüten in der Küche ausbreitet.
„Ja, die schmecken besser als Hühnereier."
Egbert verzieht spöttisch den Mund: „Davon wird man doch nicht satt!"

„Es gibt Gemüse und Reis dazu", beschwichtigt Yang.
Egbert erscheint das nicht handfest genug.
Ich hole auf Yangs Bitte hin einen großen Topf aus meinem Zimmer – Gemeinschaftsgeschirr gibt es nicht – in dem Yang Wasser zum Kochen bringt. Gleichzeitig bereitet er Weißkohl vor.

„Der heißt in Klonland ‚Chinakohl'", erklärt Yang
seiner Freundin.
„Warum?", will sie wissen.
„Weil er in China besonders verbreitet ist?", vermute ich und erkläre Egbert: „Chinakohl heißt hier einfach ‚weißes Gemüse'. Oder ‚kleines weißes Gemüse'."
„Aha."
„In der kalten Jahreszeit fahren LKWs mit der Ladefläche voll Chinakohl durch die Stadt; er wird in Hausfluren und auf Balkons bergeweise gelagert", erkläre ich weiter.
„Mmh", macht Egbert.

Ich wende mich an Yang: „Du weißt bestimmt, dass Weißkohl in Klonland eingelegt und dann als Sauerkraut gegessen wird."

„Ja. Ich habe Eisbein mit Sauerkraut gegessen", strahlt Yang. „In München!"

„Schmeckt geil", bestätigt Egbert. Endlich nicht nur eine einsilbige Antwort.
Dennoch: Ein bisschen verbindet Yang und mich die Anstrengung, das Gespräch in Gang zu halten.
„Warum heißen in Taiwan die besonders großen Kakerlaken ‚deutsche Kakerlaken'?", fällt mir ein.
„Mir wurde erklärt, dass sie einst auf Schiffen aus Europa eingeschleppt wurden", antworte ich selbst.

Jetzt öffnet Yang behutsam die Wachteleier und lässt eins nach dem anderen von einer Tasse in das mit etwas Senf und Salz angereicherte, schwach köchelnde Wasser gleiten. Wir alle sehen gebannt zu, denn das Schwierige kommt jetzt: Yang balanciert ein pochiertes Ei nach dem anderen sehr vorsichtig mittels zweier Gabeln zu den Tellern, auf denen er ein Bett aus Reis und sorgsam gewürztem „Chinakohl" vorbereitet hat. Es gelingt, vier Teller „Wachteleier an Chinakohl auf Reisbett" sind angerichtet.

Mehrere Freundinnen und ich haben eine Reise in den Süden geplant, Egbert kommt mit. Es geht in die wunderschöne Provinz Yunnan, „südlich der Wolken."
Mit dem Zug geht es mehr als 3000 Kilometer in südwestlicher Richtung, gut zwei Tage und zwei Nächte, Endstation Kun-

ming. Wir haben wie immer yingwo, „hard sleeper", gebucht. Drei mit Kunststoff bezogene Pritschen übereinander, je zwei dieser Drei-Stock-Pritschen einander gegenüber, sodass so etwas wie ein Abteil entsteht, nur ohne Tür. Frauen, Männer und Kinder gemischt, Raucher und Nichtraucher ebenfalls.

„Guten Tag, verehrte Reisende", quakt der Zuglautsprecher. „Wir begrüßen Sie auf der Fahrt von Peking nach Kunming und wünschen Ihnen ein angenehmes Reiseleben…"
Es folgen Details zur Reiseroute.

Wir sortieren uns und unser Gepäck für die gut 48 Stunden „Reiseleben", unter den interessierten Blicken der einheimischen Mitreisenden. Eine holt heißes Wasser aus dem Wasserkocher, der in jedem zweiten Wagen steht. In einer dieser Zweiliterkannen mit Tragbügel und großem Blumenmotiv, wie es sie in unserem Wohnheim und auch sonst überall in China gibt.

„Wo kommt ihr her?", fragt eine der Mitreisenden.
„Aus Klonland."
„Ost oder West?"
„Das ist inzwischen eins", erkläre ich und frage dann meinerseits nach dem Woher und Wohin.
„Seid ihr verheiratet?", will die junge Frau weiter wissen. Fragen nach persönlichen Dingen wie Familienstand, Position und Gehalt sind in China erlaubt und üblich.
„Nein, ich bin Studentin."
„Ach. Ich habe nach der Mittelschule abgebrochen. Alle zogen plötzlich in die Großstadt, um richtig Geld zu verdienen, und dann bin ich eben nach Peking gegangen."

„Und jetzt?"
„Jobbe ich bei Wal-Mart, mein Mann arbeitet auf dem Bau."
Sie gehören also zu den Millionen Wanderarbeitern, die auf ihre Weise am Wirtschaftswunder des Landes teilhaben wollen.
„Und wohin fährst du jetzt?"
„Zu meinen Eltern, mein Vater ist krank."

Das Leben im Zug geht weiter, Tee trinken, an den Haltestellen lokale Spezialitäten einkaufen, die an jeder Station körbeweise angeboten werden, sich mitunter auch ver-kaufen, wenn die Spezialität mal nicht ganz so köstlich ist. Hartgekochte, eingelegte Eier zum Beispiel, sie sind entsetzlich salzig, das Wort „xian" für salzig hatte ich wohl überhört.

Egbert probiert gern jede Spezialität und lässt auch die salzigen Eier nicht aus. Ich erzähle ihm, was ich inzwischen von Shen, unserer jungen Mitreisenden, weiß.

Dann wende ich mich wieder Shen zu: „Du fährst bestimmt nicht oft nach Hause, oder?"
„Normalerweise nur zum Frühlingsfest."
„Und dein Mann?"
„Wir fahren beide hin, mit unseren Kindern, er kommt aus dem selben Ort."
„Ihr habt mehr als ein Kind?", platze ich heraus, denn ich weiß, dass die Ein-Kind-Politik Chinas mit drastischen Mitteln und Maßnahmen durchgesetzt wird.
Sie lacht: „Ja, sie sind in verschiedenen Pekinger Krankenhäusern geboren, so ist es niemandem aufgefallen. Denn das war, bevor die Krankenhäuser digital vernetzt wurden."

„Wenn der Kleine in die Schule kommt, kehren wir nach Hause zurück, da müssen wir dann ein paar tausend Kuai Strafe für den zweiten Jungen bezahlen", erklärt sie etwas für sie völlig Normales.
Ob sie wirklich zurückkehren wird, frage ich mich. Viele Wanderarbeiter bleiben am Ende in der Stadt, weil sie dort mehr Geld verdienen. Es ist zwar oft eine Schinderei, aber auf dem Land verdienen sie noch weniger. Für die junge Shen hat wie für die meisten chinesischen Eltern die Ausbildung der Kinder oberste Priorität.

Die Freundinnen und ich genießen die lange Zugfahrt, wir unterhalten uns, lesen, sehen zum Fenster hinaus, essen und trinken. Am Morgen des dritten Tages schleicht der Zug gemächlich in den Bahnhof von Kunming ein, wir sind am Ziel.

Von Kunming aus reisen wir weiter bis fast an die Grenze zu Burma, 24 Stunden Busfahrt durch die Berge, Serpentinen hinauf und herunter, der Fahrer hat aus privaten Gründen seine Kinder an Bord und demonstriert, wie schnell so ein Bus im Gebirge sein kann. Allen ist speiübel, die Spuren dessen sind anschließend außen am Bus unterhalb der Fenster ablesbar. Aber die atemberaubende Landschaft scheint schon wenige Meter neben der Straße unberührt von jeder Zivilisation.

Wir sind in dem Gebiet Xishuangbanna, dem subtropischen und südlichsten Teil der Provinz Yunnan, in der besonders viele Angehörige anderer Nationalitäten leben, erkennbar unter anderem an der Kleidung. In China heißen diese Völker „nationale Minderheiten".

Nachdem wir uns in der Hauptstadt der Region, Jinghong, ein Hotel gesucht haben, sehen wir uns die Gegend an. Einige von uns leihen Fahrräder und radeln am Mekong entlang.

„Ich möchte doch nicht morgen schon nach Guilin und Yangshuo fahren, mir gefällt es hier so gut", sage ich am Abend zu meiner Freundin.
„Aber ich werde nie wieder diese Gelegenheit bekommen, ich möchte dahin."
Wir hatten uns gemeinsam die Reiseroute überlegt, um verschiedene Besonderheiten im Süden anzusehen. Nun überlege ich es mir anders.
„Ich komme auch nicht so bald wieder her, aber jetzt will ich mir etwas mehr Zeit nehmen, zusammen mit Egbert."

Die Freundin reist weiter und behält Recht: Ich war bis heute nicht in Guilin und Yangshuo. Dennoch habe ich die Entscheidung nie bereut. Egbert und ich haben ein zweites Mal Fahrräder geliehen, um eine Tour am Mekong entlang zu unternehmen. Bei meinem Fahrrad bricht der Rahmen, oder wir wurden übers Ohr gehauen und er war von Anfang an nicht in Ordnung. Jedenfalls kommen wir nicht weiter. Was tun? Wir stehen ratlos an der Landstraße irgendwo im Süden Chinas, und erst jetzt fällt mir auf, dass vorbeifahrende Kleinlaster auf das Winken eines oder mehrerer Fußgänger hin anhalten und sie samt Gepäck aufnehmen. Trampen! Wir winken den nächsten Laster, der in Richtung unserer Bleibe fährt, heran:
„Hallo, wir möchten Richtung Jinghong!", rufe ich dem Fahrer zu. Der bedeutet uns, auf die Ladefläche zu klettern. Egbert wirft unsere Fahrräder hinauf, wir klettern hinterher.

„Tolle Aussicht!", ich stelle mich auf die Ladefläche unmittelbar hinters Führerhaus und halte mich gut fest.
„Geil", stellt Egbert sachlich fest, als der Fahrer unsanft anfährt. Es wird alle paar Kilometer ein weiterer winkender Passant aufgenommen, dann an einer Stelle, die er oder sie wahrscheinlich zuvor benannt hat, wieder abgesetzt, nicht ohne dass zuvor ein Geldbetrag den Besitzer wechselt. Anscheinend gibt es Festpreise, denn gehandelt wird nie, offenbar nicht einmal eine Summe genannt.

Schließlich hält der Fahrer in Jinghong. Egbert lädt die Räder ab, wir klettern herunter und handeln einen für uns guten Preis aus – wahrscheinlich das Zehnfache des Üblichen.

Dann geben wir die Fahrräder zurück, der Verleiher gibt uns für das mit dem gebrochenen Rahmen sogar die Leihgebühr zurück, er hatte uns offenbar wissentlich ein defektes Rad geliehen und dann doch Gewissensbisse bekommen, als er uns auf dem LKW ankommen sah.

Am nächsten Tag Abschiedsbesuch am Mekong; es ist ein phantastisches Gefühl, in einem Fluss zu baden, der viele tausend Kilometer weiter südlich durch Thailand, Laos, Kambodscha und Vietnam fließt, eine Art Lebensader Südostasiens, um anschließend ins südchinesische Meer zu münden. Egbert ist frei von solchen Gedanken. Er will im funkelnden Sand Gold schürfen.

Plötzlich kommt ihm eine andere Idee: „Lass uns ein Lagerfeuer machen!"
„Wie, hier? Einfach so?" Mir gehen tausend Fragen und Zweifel durch den Kopf.

„Ja. Bleib bei unseren Sachen, ich suche Holz."
Er findet einiges, sogar hinreichend trocken, um ein Feuer in Gang zu bringen.

Am nächsten Tag reisen wir ab. Egbert hat seinen Stein dabei, den er am Strand gefunden hat und den er hütet wie seinen Augapfel. Er ist überzeugt, dass es sich um einen echten Diamanten handelt. Zurück in Peking kratzt er damit an Glasflaschen herum:

„Nur Diamant ist härter als Glas", erklärt er mir. „Das Ding ist Millionen wert!" Er zeigt mir die Riefen, die er in seine Bierflasche gekratzt hat.

Er fliegt zurück nach Klonland, bringt den Stein dort zum Juwelier, der feststellt, dass es kein Edelstein sei. Egbert erklärt mir am Telefon, das könne nicht stimmen.

„Ich kann damit Muster in Glas ritzen, das muss ein Diamant sein!"
Er ist überzeugt: „Der Juwelier hat das gesehen, sich ein Stück abgeschnitten und mir den Rest zurückgegeben, ich sehe genau, dass da etwas fehlt." Die Schlussfolgerung ist auch klar:

„Er hat sich ein winziges Stück herausgeschnitten, das allein schon ein Vermögen wert ist, und wohl gehofft, dass ich meinen Stein einfach bei ihm lasse, wenn er mir sagt, er sei nichts wert."

Egbert hat den Stein weiter sorgsam gehütet; ich habe beide aus den Augen verloren, nachdem ich Egbert mehrere Flüge bezahlt, Urlaube finanziert und er meine Kamera sowie den Jeep geschrottet hatte, Kamera und Auto ließ ich später wieder reparieren.

Er ist fort. Ich habe ihm den Flugschein gekauft, ihn ins Taxi gesetzt. Jetzt stehe ich an dem steinernen Becken in der Wohnheimküche, das die gesamte Breite des Raums einnimmt und in dem es alle 20 Zentimeter Kaltwasserhahn und Ausguss gibt. Nachdem er Jeep und Kamera kaputt gemacht hatte, würde ich womöglich die nächste sein, die am Boden liegt, hatte ich gedacht, und zu seiner grenzenlosen Verwunderung die Beziehung beendet. Über Kopfhörer höre ich „It must have been love" von Roxette in ohrenbetäubender Lautstärke.

„Das ist das Erste, was ich mache", sind seine letzten Worte aus dem Autofenster heraus. Ich habe ihn eindringlich gebeten, mir das für seinen Flug ausgelegte Geld schnell zurückzuüberweisen, denn ich habe nicht genug für meinen eigenen Rückflug. Es kommt nie an, ich bitte meine Eltern um Geld und rechne es ihnen bis heute hoch an, dass ich nie ein triumphierendes „das haben wir doch gleich gesagt" zu hören bekam. Meine Eltern unterstützen mich beim Kauf des Rückflugscheins. It must have been love?

III

Ich wähle die Nummer von Yangs „Pager"-Zentrale. Dann muss es sehr schnell gehen. Die anzusagenden Namen und Nummern habe ich sorgfältig auswendiggelernt, denn sobald ich zögere oder stottere, wird am anderen Ende der Leitung aufgelegt.

„Hu shui?" – Sie wünschen?
„49134."
„Gui xing?" – Ihr Name?
„Xing He."
Den Nachnamen „He" verwende ich nur bei diesen kurzen Hektik-Telefonaten; sonst heiße ich „Yiwa", ohne Vor- und Nachnamen, aber für weitere Silben, die ich möglicherweise noch erläutern müsste, weil es sich um keinen Standard-Namen handelt, fehlt hier die Zeit.
„Dianhua?" – Telefonnummer?
Ich rattere die sieben Ziffern herunter.

Das Gespräch dauert höchstens sieben Sekunden, jedes Wort, jede Zahl muss sitzen, sonst wird sofort aufgelegt. Es gibt auch privatwirtschaftlich betriebene Zentralen dieser Art, dort geht es etwas kundenfreundlicher zu. Aber da Yang bei einer staatlichen Firma arbeitet, hat er auch den „Pager" einer staatlichen Firma. Yang ruft an.

„Hallo Yang, ich bin von der Reise zurück, sehen wir uns?"
„Wie geht es Egbert?"
„Ich weiß es nicht, wir haben uns getrennt."

„--------------"

„… er ist nach Klonland zurückgeflogen", setze ich nach, um das Schweigen in der Leitung zu unterbrechen. Es scheint mehrere Minuten zu dauern.

„Kommst du heute Abend vorbei?", frage ich dann.

Er ist schon oft nach der Arbeit zu mir gekommen, wir haben gemeinsam etwas gegessen und geredet, manchmal etwas unternommen.

„N-Nein, heute habe ich einen Termin", Yang bemüht sich hörbar, seine Stimme unter Kontrolle zu bringen. „Ich rufe dich in den nächsten Tagen an."

Ein paar Tage später verabreden wir uns, er will zu mir ins Wohnheim kommen.

„Als ich Yang die Tür öffnete, hat es geknallt", beschreibe ich meiner Freundin die Situation später. Er ist schon so oft nach der Arbeit zu mir gekommen, aber diesmal steht plötzlich ein gut aussehender junger Mann vor mir, den ich so noch nie gesehen habe. Und hat er früher schon Aftershave benutzt?

Wir haben ihm etwas aus Xishuangbanna mitgebracht, eine Bermuda-Shorts in grün und gelb. Sie müsste ihm gut stehen, hatten wir überlegt, richtig sexy aussehen, war das unangemessen?

Offenbar nicht, er zieht seine Anzughose so schnell aus, dass mir schwindlig im Magen wird, und probiert die Bermudas an.

„Passt!", bestätigt er.
„Hier", fährt er dann fort, „ich habe dir in Korea Ohrringe gekauft, auf der Dienstreise neulich."

Mir scheint, diese Dienstreise sei schon länger her, wir haben uns seither schon gesehen. Aber vielleicht irre ich mich.

Es sind kleine umgedrehte Fächer in Titan, sehr filigran gearbeitet. Ich hänge sie gleich in meine Ohrlöcher und sehe in den Spiegel. Yang tritt dicht hinter mich, streicht mir über die Arme, lässt seine Hände an meinen Hüften liegen, sieht über mich hinweg in meine Spiegelaugen.

Von nun an sehen wir uns häufiger, spazieren durch den „Zizhu Gongyuan", den Park des purpurnen Bambus, gehen in kleinen aber feinen Spezialitätenrestaurants essen, treffen Freunde von ihm oder mir. Die Ohrringe trage ich fast immer.

Manchmal spielen wir kurze Scrabble-Runden nach eigenen Regeln: Worte in Französisch, Englisch und Chinesisch sind erlaubt und müssen von ihm auf englisch und von mir auf chinesisch erklärt werden. Kurz deshalb, weil wir häufig erst spät anfangen und er um 22 Uhr gehen muss. Auch Namen lassen wir zu, wenn eine Geschichte dazu erzählt wird. Es wird nicht um Punkte gespielt, kurz vor 22 Uhr verbauen wir alle Restbuchstaben gemeinsam.

WIDERSCHEIN KIM SOLID CHINA WOULD ZUG WEHREN QIN QUASSELN YI LEUMUND

Wir sitzen oder liegen auf dem Boden über das Spielbrett gebeugt, von dessen Rändern wir uns aber nicht immer begrenzen lassen, sondern auf dem Boden weiterlegen.

FE IF KIEŻ ZEICHEN DEO BEUGE QUAELEND BACHE WA HOF YE

„Ist ‚Fe' auch eine chinesische Silbe?", wundere ich mich.
„Nein, das ist das Elementsymbol für Eisen", sagt Yang, „mein Großvater väterlicherseits ist Chemiker."
„Ich war nie gut in Chemie, aber an ‚Fe' erinnere ich mich noch, sage ich. „Arbeitet dein Großvater noch?"
„Nein, schon lange nicht mehr, aber er liest viel, um auf dem Laufenden zu bleiben."
„Wo lebt er?"
„Er wohnt in der Wohnung neben uns, ist aber häufig bei seinem anderen Sohn im Süden, dort ist er aufgewachsen, es gefällt ihm besser als die Großstadt. Bei meinen Freunden in Klonland habe ich ihn immer den ‚Peking-Opa' genannt, zur Unterscheidung vom Vater meiner Mutter, der in Kanton lebt."

Im Chinesischen ist der Opa väterlicherseits der „Yeye", der Vater der Mutter der „laoye". Es ist für Chinesen ungewohnt, beide gleich zu benennen.
„Verstehst du dich gut mit ihm?"
„Ja, sehr. Er hat mir oft in Chemie geholfen, als ich noch zur Schule ging, und während meines Maschinenbau-Studiums konnte er mir viele Dinge erklären, die ich nicht verstanden habe."
Ich wende mich wieder dem Spielbrett zu: „Gut, ‚Fe' ist erlaubt. Jetzt geht's weiter."

Ich versuche, „Kiez" auf Chinesisch zu erklären und dass „ae" für „ä" steht. Als Yang erklärt, dass es mehrere Schriftzeichen mit der Aussprache „wa" gebe, muss ich lachen:

„Berliner hängen ans Ende jedes zweiten Satzes ‚wa' an; das meinte ich, als ich es gelegt habe."
„Ach so, wa?" kontert Yang verschmitzt.

Irgendwann muss Yang sich von seiner Freundin getrennt haben, es war nie Thema, sie war irgendwann einfach nicht mehr da.

Dann lädt Yang mich zu sich nach Hause zum Essen ein. Er und seine Schwester wohnen noch bei den Eltern, inzwischen weiß ich, dass in China nicht selten bis zur Gründung einer eigenen Familie bei den Eltern gelebt wird. Mir ist bewusst, dass eine Frau in China im Allgemeinen nur dann zu den Eltern eines Freundes eingeladen wird, wenn Heiratsabsichten bestehen. Yang und ich haben nie darüber gesprochen, ob er mich als feste Freundin vorstellen möchte.

Es gibt keine Wohnungsführung wie in Klonland oft üblich, ich nehme nebenbei wahr, dass der Familie zweieinhalb Zimmer zur Verfügung stehen, für vier Personen. Das Elternschlafzimmer, Yangs Schwester hat einen Raum, Yang schläft im Wohn-, Ess- und Durchgangszimmer, außerdem gibt es ein kleines Bad und eine kleine Küche, das ist alles. Die Familie empfängt mich herzlich, alle wollen zu meinem Wohlbefinden beitragen. Erst bei späteren Besuchen wird mir bewusst, dass ich beim Essen auf dem sitze, was ein paar Stunden später zu Yangs Bett umgebaut wird.

„Isst sie mit Stäbchen?", fragt Yangs Mutter ihn besorgt.
„Ja, natürlich, aber du kannst auch mit ihr selbst sprechen."
„Sprichst du Chinesisch?", fragt sie mich unsicher.
„Hai keyi" - „So einigermaßen", antworte ich vorsichtig.
„Du sprichst sehr gut!"
„Exzellentes Chinesisch!"
„Hervorragend!"
Chinesinnen und Chinesen brechen bei dem ersten chinesischen Wort eines Ausländers nicht selten in Begeisterungsstürme aus, die in keinem Verhältnis zu Qualität und Quantität des Gesagten stehen.

„Schon gut, schon gut", versuche ich zu beschwichtigen, „qiang jiang shou xia wu ruo bing", ‚unter einem starken General gibt es keine schwachen Soldaten', „ich habe ja auch einen guten Lehrer!", das Zitieren eines chinesischen Sprichworts, das Yang mir beigebracht hat, bricht endgültig das Eis.
„Greif zu", fordert die Mutter mich auf, sie läuft zwischen Küche und Esstisch hin und her, das Essen wird zeitgleich zubereitet. Es gibt mehrere Gemüse- und Fleischgerichte, die in die Mitte des Tisches gestellt werden, jeder bekommt eine Schale Reis in die Hand und nimmt sich von den Speisen.
„Danke", sage ich, „sehr lecker."

Von da an bin ich häufig bei Yang. Wir sind zwar nie allein, aber dennoch ein bisschen freier als bei mir im Wohnheim, keine Gegensprechanlage, durch die um 22 Uhr an das Ende der Besuchszeit erinnert wird.

Einmal bringt er mich nach unserem Treffen noch zum Jeep hinunter. Wir setzen uns hinein und diskutieren in der intimen

Situation des Autos tief über meine Kamera gebeugt, mit der wir am Nachmittag im „Park des purpurnen Bambus" Fotos gemacht haben, Vor- und Nachteile dieses oder jenes Motivs und Hintergrunds. Ich spüre seinen Arm meinen streifen, meine Finger berühren seine, wenn wir die Kamera hin- und herreichen, ich spüre seine dicken, dichten Haare meinen Kopf streifen, wenn wir uns über die Kamera beugen. Bleib stehen, Zeit, denke ich. Aber das tut sie nicht. Irgendwann fällt uns nichts Hinauszögerndes mehr ein, und da wir beide tags darauf früh aufstehen müssen, steigt er aus, ich lasse den Motor an und fahre in die Dunkelheit.

Die Straße Richtung Norden, dann nach links auf die mehrspurige vierte Ringstraße, Richtung Westen. Die Straßen sind so kurz nach Mitternacht leer, ich fahre vergleichsweise schnell, 60 km/h etwa. Tagsüber herrscht dichter Verkehr, bisweilen sehr ungeordnet, immer aber deutlich langsamer als in Klonland, alle Verkehrsteilnehmer sind immer hup- und bremsbereit. Am Tag erreiche ich nie 60 km/h.

Mir gehen die letzten Minuten mit Yang durch Kopf und Bauch, seine glatten, dichten Haare an meiner Schläfe, unsere Hände, die sich berühren, in meinem Magen brummt ein Propellerflugzeug, gute Güte, sagt der Verstand, er ist Chinese, wie soll das gehen – aber er sieht so gut aus, er ist so charmant und kann so witzig sein…
Andererseits, die Sache mit Egbert ist noch nicht lange her, flüchte ich mich nicht nur in etwas Neues? In meinem Bauch brummt es immer stärker.

Da taucht weiter vorne plötzlich eins dieser dreirädrigen Fahrräder auf, aus dem Nichts, scheint mir, vorn tritt ein etwa 60-jähriger Herr in die Pedale, hinten auf der Ladefläche sitzt auf dem eingebauten Stuhl seine Frau; ich trete auf die Bremse, habe in Erinnerungen versunken wohl vergessen in den Rückspiegel zu sehen, sonst wüsste ich, dass ich ausweichen könnte, kein anderes Fahrzeug weit und breit, so sehe ich es erst, als es zu spät ist, bremse derweil mit aller Kraft.

Ein dumpfer Aufprall, das dreirädrige Fahrrad kippt um, die Frau ist kaum vom Stuhl gefallen, da rappelt sie sich schon wieder auf, steht neben ihrem Mann, der abgesprungen ist, den beiden scheint nichts Ernsthaftes passiert zu sein, denke ich, wenigstens das. Ich springe aus dem Jeep, und wie aus dem Boden gewachsen versammeln sich mit einem Mal Dutzende Schaulustige auf der eben noch menschenleeren Straße, bauen sich um mich und den Jeep herum auf, alle reden gleichzeitig auf mich ein oder debattieren miteinander, wo kommen diese vielen Menschen auf einmal her?... Die Flugzeuge in meinem Bauch stürzen jäh ab.

Was tun? Vor Nervosität verstehe ich das aufgeregte Palaver um mich herum kaum. Etwa zweihundert Meter zurück, das weiß ich, weil ich mit Yang schon dort gewesen bin, befindet sich der Eingang zu einem großen Sport- und Freizeitzentrum, direkt an der Straße das Pförtnerhäuschen, das trotz der späten Stunde besetzt zu sein scheint, es funzelt Licht. Dort muss es Telefon geben. Ohne konkreten Plan zeige ich dorthin, sage auf Englisch und mache durch Handzeichen deutlich, dass ich telefonieren möchte. Weg aus dem wild gestikulierenden Pulk und einen klaren Gedanken fassen. Jemand begleitet mich, ob zu meinem Schutz oder aus Angst, dass ich weglaufen könnte, vermag ich nicht zu sagen. Es ist das erste Mal in China, dass ich eine Situation als beängstigend erlebe.

In den Minuten, die wir zum Pförtnerhäuschen brauchen, beschließe ich, Yang über seinen Pager anzurufen. Er hat das Unmögliche mit der Ummeldung des Autos geschafft, er wird auch dies hier klären.

„Hu shui?" – Sie wünschen?
„49134."
„Gui xing?" – Ihr Name?
„Xing He."
„Dianhua?" – Telefonnummer?

Ich haspele die Nummer herunter, die auf dem Apparat vor mir steht. Nur jetzt nicht ins Stocken geraten. Dann lege ich auf. Banges Warten: Hat er den Pager noch an? Bekommt er die Nachricht? Habe ich deutlich genug gesprochen? Der Pförtner und der Mann vom Unfallort ziehen an ihren Zigaretten.

Der antik anmutende Apparat klingelt, der Pförtner bedeutet mir, den Hörer abzunehmen.

„Wei?" – Hallo?
„Eva, gibt es ein Problem?"

Ein Riesenstein fällt mir vom Herzen, als ich Yangs Stimme höre. Jetzt wird alles gut.

Auf Deutsch erkläre ich ihm, was passiert ist und wo ich stehe; er verspricht, sofort zu kommen. Ich lege auf und gehe mit meinem Begleiter zu der diskutierenden und gestikulierenden Menschenmenge und dem Auto zurück. Yang trifft kurze Zeit später im Taxi ein und bringt als Erstes in Erfahrung, dass die Polizei schon unterwegs ist. Dann wendet er sich an mich:

„Hast du die Autopapiere dabei?"
Er weiß, dass das oft nicht der Fall ist, dass ich sie aus Unbedachtheit und Naivität oft zu Hause liegen lasse.
„Nein, natürlich nicht."
„Dann fahr schnell ins Wohnheim und hol sie. Autopapiere und Fahrerlaubnis."

Er wendet sich an die Umstehenden:
„Sie muss kurz nach ihrer Zimmernachbarin sehen, die ist sehr krank und braucht sie. Sie ist gleich zurück."

Ich steige ins Auto und fahre nach Hause. Meine Aufregung hat sich gelegt; eine Zimmernachbarin gibt es nicht, das weiß Yang natürlich. Aber nur mit dieser Ausrede kann ich den Unfallort verlassen, um die Papiere zu holen.

Als ich zurückkomme, erwarten mich schon zwei Polizisten und verlangen als Erstes nach der Fahrerlaubnis. Die habe ich ja jetzt dabei und die Fahrzeugpapiere auch.

„Was ist passiert?", fragt der Polizist, der augenscheinlich der Vorgesetzte des anderen ist.
„Ich war auf dem Weg ins Wohnheim ...", auf Englisch beginne ich den Unfallhergang zu erzählen, Yang übersetzt.

„... die Straße war frei, die Ampel an der T-Kreuzung grün---"
„Das Ehepaar sagt, sie habe für die andere Richtung grün gezeigt", unterbricht mich der Polizist.
‚Da waren diese Flugzeuge im Bauch, ich habe wohl zu spät gesehen, dass sie umgeschaltet hat', das wäre der Wahrheit am nächsten gekommen.

„Wie geht es der Frau?", bitte ich Yang stattdessen zu fragen.
„Sie sagt, sie werde jetzt mit ihrem Mann nach Hause fahren, das Fahrrad hat nichts abbekommen", sagt der Polizist.

Die weitere Verhandlung mit dem betroffenen Ehepaar, den Umstehenden und den Polizisten überlasse ich Yang. Er steht hinter mir, die Hände auf meinen Schultern, dann tritt er neben mich und legt seinen Arm leicht um meine Hüfte, er lässt mich nicht los, spricht mit dem wortführenden Polizisten. Schließlich erklärt er mir das Ergebnis:

„Das ist Herr Shen, er ist jetzt dein Freund", sagt er auf Englisch und deutet auf den Uniformierten. „Wenn du irgendein Problem hast, wende dich an ihn, er wird dich immer unterstützen und dir helfen."
Ich bekomme die Telefonnummer von Polizist Shen. Anrufen werde ich ihn nie. Denn diese scheinbar zementierte „Freundschaft" war wohl doch situationsbedingtes Sozialverhalten, ehrlich gültig für den Moment, nicht aber über ihn hinaus.

Der Spuk ist vorbei, die Polizisten fahren davon, die Schaulustigen kehren heim, bald liegt die Straße so leer da wie eine gute halbe Stunde zuvor. Yang und ich steigen in den Jeep ein:

„Kommst du noch mit?", frage ich, „ich bin ganz zittrig."
„Ja, klar."
„Was ist mit der Frau, ist sie verletzt?", frage ich und fahre los.
„Das habe ich auch gefragt. Ihr tut nichts weh, aber sie lässt sich morgen untersuchen, um sicherzugehen. Sie wird sich bei Shen melden, wenn es etwas Ernstes ist."

Wir fahren zum Sprachinstitut, das Tor ist zu so später Stunde bereits abgeschlossen. Yang steigt aus, trommelt den Nachtwächter aus dem Schlaf und erzählt ihm weiß der Himmel was für eine Geschichte, jedenfalls darf er mit aufs Gelände, wir verbringen zum ersten Mal fast eine Nacht miteinander, fast. Ganz wagen wir es nicht, denn wir wissen nicht, wie wachsam die Hüterinnen und Hüter von Anstand und Ordnung sind.

Von nun an sehen wir uns noch häufiger, Yang kommt fast täglich nach der Arbeit zu mir, wir reden, spielen Tischtennis oder Scrabble, oder es ist Disco-Abend an der Uni, dann tanzen wir, am liebsten Lambada.

Wir – zwei Freundinnen und ich – wollen ein letztes Mal nach Beidaihe fahren, unser Studienaufenthalt in Peking geht zu Ende. Yang kommt mit, er war noch nie am Meer. Beidaihe liegt 300 Kilometer nordöstlich von Peking. Wir sind im Lauf des Studiums oft mit dem Zug hier gewesen, ich war einst mit Egbert im Jeep dort.

Die Freundinnen sitzen hinten, Yang neben mir, ich fahre. Diesmal scheint das Steuern des Geländewagens mir besonders anstrengend, gern gehe ich immer wieder auf Yangs Angebot einer Nackenmassage ein. Das Meer, ich habe schon als Kind im Sand

Dänemarks gespielt, kann mir kaum vorstellen, es noch nie gesehen zu haben.

„Du wirst immer die Frau sein, mit der ich zum ersten Mal am Meer war", sagt Yang.
Es ist Abend, ich habe mich zu ihm ins Hotelzimmer geschlichen. Selbst wenn ich nicht über Nacht bleibe, ist es im sittenstrengen China streng verboten, Chinese und Ausländerin, das geht nicht, das Personal kann jederzeit in der Tür stehen.

„Es hat mich niemand zu dir ins Zimmer gehen sehen", sage ich.
„Doch", sagt Yang, „das haben sie mitbekommen, sie passen immer auf."

Zwei Jahre später sagt Yang mir, als er plötzlich neben mir lag, habe er sich gewundert: Wie jetzt, sie hat grüne Augen?! Wie ist das möglich?

In den nächsten Tagen gehen wir an den Strand, Yang schwimmt begeistert, wir essen frische Meeresfrüchte, atmen smogfreie Luft, China wird uns in bester Erinnerung bleiben.

Zwei Wochen später wollen Yang und ich mit dem Jeep zu einem Schulfreund von ihm in die Innere Mongolei fahren. Das heißt, ich fahre, denn er hat keine Fahrerlaubnis. Zu Beginn geht es über Asphaltstraßen, dann über Schotter. Es ist so, wie ich es damals von den Erwachsenen in Kaiserland gehört habe: Lieber eine gut aufgeschüttete Schotterpiste als eine zerfahrene, schlecht geflickte Asphaltstraße. Jetzt verstehe ich das und bin froh, als wir den Schlagloch-Parcours hinter uns lassen. Die steinige Bergstraße ist seinerzeit Egbert gefahren, eine lange Strecke über nicht asphaltierte Straßen bewältige ich jetzt zum ersten Mal. Außer uns sind vereinzelt LKW verschiedener Größe unterwegs. Privatwagen gab es in China einst nur für Parteibonzen und Superreiche mit Beziehungen, eine Mittelklasse gibt es in der chinesischen Gesellschaft noch nicht lange. Heute fährt Yang mit Frau und Tochter einen japanischen Kleinwagen, typisches Auto der unteren Mittelklasse.

„Wann kommt hier eigentlich mal eine Tankstelle?", fällt mir plötzlich ein.
„Da kommt schon noch eine", beruhigt mich Yang, „dort sollten wir dann auch den Ersatzkanister füllen, sicher ist sicher."
„Hat die Tankstelle auch Benzin, oder nur Diesel für die Lastwagen?"
„Wir fahren nicht den einzigen Jeep", lacht Yang, „auch weiter im Landesinnern gibt es noch Benzin, ich will mit dem Kanister nur sichergehen."

An einer Steigung schalte ich in den zweiten Gang herunter, dann in den ersten, dann säuft der Motor ab. Wir steigen aus, Yang sieht sich die Maschine an, legt sich unter den Wagen und hat schnell herausgefunden, dass da mit Bordmitteln nichts zu machen ist.
„Wir müssen jemanden finden, der uns abschleppt", sagt er.
„Das fängt ja gut an", erwidere ich, „kurz hinter Peking."

Zum Glück findet sich so etwas wie ein Abschleppseil im Auto.

„Setz dich wieder hinein", sagt Yang, nachdem niemand auf unser Winken reagiert. „Vielleicht verunsicherst du als Ausländerin die Leute. Besser, sie sehen dich nicht auf den ersten Blick."

Kaum steht er allein neben dem Auto und winkt, hält schon ein Kleinlaster an. Sie verhandeln, das Abschleppseil wird fix hinten am Laster angebracht und vorn am Jeep, dann fährt der Mann los. Er rast über die Buckelpiste, als gälte es eine Rallye zu gewinnen, wir werden in den Sitzen auf und ab und hin und her geschleudert – dann löst sich das Seil von unserem Wagen, der Laster heizt weiter, wir sehen das herrenlose Seil auf der Piste tanzend hinter der nächsten Anhöhe verschwinden. Ein paar Minuten später bemerkt der Fahrer den Verlust seines unfreiwilligen Hängers, kommt zurück und schleppt uns, etwas ungehalten ob der neuerlichen Verzögerung, doch noch bis zur nächsten Werkstatt.

„Guck mal, eine Ausländerin!", sofort versammeln sich mehrere Kinder um das Auto herum. Yang ist ausgestiegen, spricht mit dem Mechaniker, ich bin sitzen geblieben.
„Ist sie echt?"
„Ja, sie ist echt!", ruft das offenbar Älteste der Kinder.
„Ja ja, das ist keine Fälschung, wirklich, die ist echt!", immer mehr Kinder scharen sich um die Fahrertür des Jeeps, um mich genau in Augenschein zu nehmen.

Als die Reparatur erledigt ist, lohnt es sich nicht mehr weiterzufahren, es wird bald dunkel. In einem kleinen Gasthaus wollen wir ein Unterkommen für die Nacht finden, doch man will keine Ausländerin aufnehmen, schon gar nicht, wenn sie mit ihrem Begleiter nicht verheiratet ist.

„Wissen Sie eigentlich, wen Sie hier vor sich haben?", fragt Yang den Gasthausbesitzer – oder gibt es mir zumindest so wieder, er ist ausgestiegen, ich kann das Gespräch nicht hören.

„Sie ist eine mongolische Prinzessin!"
Selbst auf die Entfernung von ein paar Metern sehe ich das ehrfürchtige Staunen im Gesicht des anderen.
„Was meinen Sie, welchen Ärger wir bekommen, wenn wir ihr Unannehmlichkeiten bereiten."
„Ja, aber…"
„Es könnte zu schweren diplomatischen Verwicklungen führen."
„W-Wie bitte?"
„Ich habe ihrem Vater mein Wort gegeben, dass alles glattgehen wird, und Sie wissen sicher, wozu aufgebrachte Väter in der Lage sind."
„Schon gut, schon gut."

Wir bekommen ein schlichtes Zimmer zugewiesen, Plumpsklo quer über den Hof.

Anschließend wollen wir etwas essen gehen, sehen auf der Suche nach einem Lokal traubenweise Menschen sich um ein Schaufenster drängen, in dem ein zum Verkauf ausgestellter Fernseher läuft. Die Zeit scheint um Jahrzehnte zurückgedreht – als es weder Fernseher im heimischen Wohnzimmer noch Ausländer im Land gab. Wir essen eine Kleinigkeit und kommen dann an einem kleinen Zirkuszelt vorbei. Die Vorstellung ist fast am Ende, wir setzen uns einfach in die letzte der im Rund um die winzige Manege aufsteigend angeordneten Bänke, es mag die siebte sein. In der Manege klettert ein Hund eine Holzleiter hinauf und balanciert dann über eine zweite, von zwei Männern waagrecht hochgehaltene hinweg. Sie senken ein Ende der zweiten Leiter ab, der Hund klettert herunter. Begeisterter Applaus. Dann läuft ein kleines Schwein im Kreis, bleibt stehen, ein Huhn flattert auf seinen Rücken. Die Menschen lachen und klatschen ausgelassen. Endlich, denke ich, endlich gibt es etwas Interessanteres als die Ausländerin zu bestaunen: Ich sitze unter bestimmt zweihundert Chinesinnen und Chinesen und niemand beachtet mich. Herrlich.

Tags darauf kommen wir an einem mongolischen Museumsdorf vorbei – China präsentiert stolz diese „nationale Minderheit" – und sehen uns die hübsch bunt gestalteten Jurten an. Yang möchte gern ein Foto von uns beiden unter dem schmucken Dach haben, er drückt einem chinesischen Besucher seine Kamera in die Hand, zeigt dem Verunsicherten, wie es geht, zack-zack, klick und blitz, fertig. Nach unserer Rückkehr entwickeln wir in Peking die Bilder und sehen das farbenfrohe Dach der Jurte mit unseren beiden Köpfen in der rechten unteren Ecke.

Junge und erwachsene Mongolen demonstrieren auf temperamentvoll über die Steppe galoppierenden Pferden ihre halsbrecherischen Reitkünste.

Mit dem Studienfreund von Yang gibt es viel zu erzählen.
„Wie geht es deinem Yeye?", fragt Bai, so heißt er.
„Er wird älter, aber in Chemie ist er fit wie immer."
„Er wartet bestimmt darauf, dass du bald heiratest!"
„…", Yang und ich wissen nicht, was wir sagen sollen. Heiraten?
„Als Yang und ich zusammen an der Uni waren, sprach der Großvater schon davon, dass er von seinem Enkel nach dem Studium einen männlichen Nachkommen erwartet", erklärt Bai mir.
„Aha", ich weiß nicht, was von mir erwartet wird.
„Weil nur ein Mann die Riten für seine Vorfahren so durchführen kann, dass die Ahnen keine Unruhe unter den Lebenden

stiften", ergreift Yang das Wort. Er war lange genug in Klonland, um zu wissen, dass Ausländern chinesische Sitten und Gebräuche oft fremd sind.

„Du hast den Peking-Opa erlebt?", wende ich mich an Bai, um vom Thema Heirat abzulenken.

„Mit ‚Peking-Opa' ist mein Großvater gemeint", erläutert Yang. „Ob er allerdings so wörtlich daran glaubt, weiß ich nicht, er ist aufgeklärter Naturwissenschaftler. Aber meine Großmutter glaubt fest daran und liegt ihm damit in den Ohren. Darum: Männliche Nachkommen sind meinem Großvater wichtig, nur so zur Sicherheit."

„Ja, ich habe Yangs Großvater sogar einmal gesehen", antwortet Bai mir.

Zwei Tage später machen Yang und ich uns schon wieder auf den Heimweg, Yang muss arbeiten.

Es wird eine Fahrt nicht nur über Stock und Stein, sondern auch neben einer eingestürzten Brücke durch einen Fluss. Wie mache ich das?, frage ich mich unsicher.

„Du schaffst das", sagt plötzlich eine Stimme hinter mir. „Sieh dir an, wie die anderen es machen, es ist nicht schwer." Die Stimme kenne ich, auch wenn es lange her ist, ich kenne sie seit über zwanzig Jahren, es war damals, ich als Chinesin verkleidet im Kindergarten. Ich erkenne die freundliche Stimme sofort, spüre seine Gegenwart, blicke suchend in alle Richtungen – und kann ihn nirgends entdecken. In der Richtung, aus der die Stimme kommt, meine ich schemenhaft die fast durchsichtige Gestalt des Peking Opas zu erkennen. Aber vielleicht bilde ich es mir auch nur ein.

Ich lasse zwei große LKW vor mir hindurchfahren, sehe an ihren Rädern die Tiefe des Wassers und traue mir und Doolittle dann dasselbe zu: Wir fahren durch den Fluss.

Der Peking Opa, mein Peking Opa ... jetzt weiß ich, woran die Bezeichnung Yangs für seinen Großvater mich erinnert hat. Natürlich, der Peking Opa bei der Faschingsfeier, ich sehe ihn vor meinem geistigen Auge, aber warum habe ich jetzt nur seine Stimme gehört? Ohne ihn zu sehen? Mir fällt ein, dass damals nur ich ihn sehen konnte, die Erwachsenen nicht, ja nicht einmal die anderen Kinder. Jetzt sehe ich ihn also auch nicht mehr, ich spüre und höre ihn aber. Ob er wiederkommt?

Zurück in Peking inspiriert die Tour in die Innere Mongolei mich zu der Idee, mit dem Jeep nach Klonland zurückzufahren. Durch China, die Äußere Mongolei, Russland und Polen. Oder die Äußere Mongolei weglassen und von Nordwestchina aus weiter nach Westen? Allein traue ich mir das nicht zu, aber ich denke, ich werde einen Begleiter finden. Yang beflügelt die Idee auch, selbst wenn er nicht mitkommen wird, weil er keine Fahrerlaubnis hat. Aber mit ihm sitze ich Stunde um Stunde zusammen, wir schreiben Artikel über das Vorhaben, um Sponsoren zu finden.

„Meine Firma und die Klonländer Partnerfirmen müssten Interesse haben", findet Yang.
„Wir können den Jeep von oben bis unten mit Werbung vollkleben und uns vor dem Losfahren filmen lassen."
„Oder es kommen Begleitfahrzeuge mit, die die ganze Tour filmen. Dann hättest du zur Not Hilfe", ganz geheuer ist Yang die Sache doch nicht.

Ein Freund meines Vaters soll mitkommen, ungefähr gleich alt, aber mit Asien-Erfahrung; er würde sich sicher nicht so schnell aus der Ruhe bringen lassen.

Es ist wunderschön, mit Yang an chinesischen Zeitungsartikeln für die Sponsorensuche zu feilen und dabei zu träumen. Entweder sitzen wir dazu eng beieinander auf einer Bank im Freien, oder er steht über mich gebeugt, während ich am Schreibtisch Notizen mache. Unsere Phantasien tragen uns über die Weiten Russlands, die ich nur durchs Zugfenster kenne, Yang überhaupt nicht. So planen und träumen wir unsere Reise durch unentdecktes Land.

Am Ende bleibt es bei den Phantasien und Doolittle in Peking, während ich zurück nach Klonland fliege, um meine Verlagstätigkeit fortzuführen. Die politische Lage in den Ländern, die ich durchqueren müsste, ist zu unübersichtlich, das Unternehmen wohl doch zu gewagt.

Binnen zehn Stunden bin ich in eine mir unvertraut gewordene Klonwelt zurückkatapultiert. Wie wohl hatte ich mich einst im Südwesten des Landes gefühlt, die Freundin von damals, aus Kairo zurück, bietet mir Quartier. Jetzt scheint die Stadt seltsam fremd.

„Wie war doch gleich der Weg zum Kino?", am Abend bin ich verabredet.

„Da fährt die Straßenbahn hin, alle Linien stadteinwärts", erklärt die Freundin.

‚Und wie komme ich zur Haltestelle?', bin ich versucht zu fragen. Aber ich ahne, dass das eine befremdliche Frage sein muss. Den ganzen Nachmittag denke ich mit steigendem Unwohlsein darüber nach, wie das gehen soll.
Irgendwie schaffe ich es dann durch die menschenleer anmutenden Straßen – in Peking sind immer überall viele Menschen unterwegs – zur Haltestelle der Straßenbahn.
Eine Freundin aus Kanada ver-rückt später mein Straßenbild.
„Die Straßen sind hier so leer, ich traue mich kaum aus dem Haus", gestehe ich.

„Und ich traue mich nicht hinaus, weil es so voll ist!", sagt Kate aus Kanada.
Wir schütten uns aus vor Lachen.

„Warum bist du nicht mit dem Fahrrad gekommen?", werde ich von Freunden vor dem Kino empfangen.
„Wie denn?", frage ich. „Für Fahrräder ist doch gar kein Platz".
„Wieso, am rechten Fahrbahnrand ist der Radweg gekennzeichnet."

Natürlich, die Freunde kennen die breiten Fahrradspuren nicht, auf denen ich mich zwei Jahre lang sicher durch eine chinesische Millionenstadt bewegt habe.

An den Straßenrand gedrängt, schwankend im Windsog vorüberdonnernder LKW und immer auf der Hut vor jäh aufspringenden Beifahrertüren flotter Geschäftswagen, wenn die vielversprechenden Sprösslinge zu Schule oder Flötenunterricht eskortiert werden, das kannte ich in Peking nicht. Dort war ich umgeben von hunderten im gleichen Rhythmus in die Pedale tretender Radler. Nur die immer häufiger links und rechts überholend durch die Radfahrermenge flitzenden Mountainbiker und Rennräder störten die Ordnung.

Heute haben motorisierte Fahrzeuge längst Besitz von den Pekinger Fahrradspuren ergriffen und drängen die wenigen übrig gebliebenen Fahrräder gnadenlos zur Seite. Fußgänger haben im täglichen Straßenkampf chinesischer Großstädte erst recht keine Chance.

Mit Hilfe der Freundin, bei der ich wohne, suche ich ein Zimmer. Denn in sechs Wochen fängt die Arbeit im Verlag an.

«Lang-Tsu: Nach zwei Jahren Peking suche ich (w, 28) Zimmer in WG...»

Der Wohnungsmarkt ist hart umkämpft; alle versuchen, sich durch irgendeine Besonderheit aus der Masse herauszuheben. Ich imitiere einen seinerzeit an allen Plakatwänden der Stadt aufdringlich werbenden Slogan für die chinesischen Wochen einer Fast-Food-Kette, „Du bist also Lang-Tsu", werde ich oft zum Besichtigungstermin begrüßt. Und ich besichtige viele Wohngemeinschaften.

„Wir haben uns für dich entschieden", der erlösende Anruf aus der WG, die auch mein Favorit gewesen war. Endlich, ich habe viele Zimmer und Wohnungen und potenzielle Mitbewohnerinnen und Mitbewohner erlebt. Diese Wohnung jetzt befindet sich in einem hässlichen Neubau, ist großzügig geschnitten und verfügt über drei Balkone.

Zur Arbeit komme ich mit dem Fahrrad; langsam lerne ich wieder, mich angstfrei im heimatlichen Autodschungel zu bewegen. Im Verlag kommen gelegentlich Faxnachrichten von Yang an: „Ni shi wode xiwang shi wode yangguang" – „Du bist meine Hoffnung und mein Sonnenschein." Ich laufe rot an und kann das Strahlen auf meinem Gesicht kaum unterdrücken, wenn ich seine Nachrichten für alle sichtbar aus dem Postfach fische.

Dann kommt, ich erinnere mich nebelhaft, jenes Wesen mich in der Stadt im Süden besuchen. Es windet sich, will mir offenbar etwas sagen, reist aber unverrichteter Dinge wieder ab. Was sollte der Besuch? Dann, immer noch im Nebel, ein Brief, in dem etwas von nächtlichen Erkundungswanderungen an mein Bett in Kaiserland gestanden haben muss, und dass das Wesen vor 20 Jahren nachts meinen Körper ertastet habe, zwischen den Beinen, an der Brust. Es war die Zeit der Albträume. Den Inhalt des Briefes dränge ich für weitere fast zwanzig Jahre in unerreichbare Katakomben meines Gedächtnisses.

Yang ruft an, fast ein Ortsgespräch, er ist auf Dienstreise in Klonland: „Wie geht es dir?", fragt er.
„Gut", wenn ich diese Frage in seinem leichten Akzent höre, geht es mir immer gut. „Wo bist du?"
Vielleicht können wir uns treffen.

Zwei Tage kann er sich freinehmen, zeige ich ihm die Stadt, die Umgebung.

„Darf ich mit Doolittle zur Arbeit fahren?", fragt er auf einem Spaziergang unvermittelt.
„Klar, wenn du eine Fahrerlaubnis hast."
„Die habe ich seit zwei Tagen, darum will ich mal im Stadtverkehr fahren üben."
Staunend erfahre ich, dass Fahrstunden und -prüfung in China auf einem Übungsplatz stattfinden. Vorwärts fahren, rückwärts fahren, abbiegen, einparken, fertig. Ungläubig hört Yang sich an, dass ich in meiner ersten Fahrstunde seinerzeit gleich durch den Großstadtverkehr kurven musste.
„Ich werde langsam fahren und aufpassen. Nicht wie mein Fahrlehrer, der seine leere Coladose so in den Fußraum warf, dass sie unter das Bremspedal rollte und gar nichts mehr ging." Die Tage mit Yang gehen viel zu schnell vorbei.

Langsam erobere ich den Südwesten Klonlands neu, mache Ausflüge in die Umgebung und gehe meiner Arbeit im Verlag nach. Das Leben fühlt sich gut an, in der Zeit zwischen Yangs Anrufen schleichen sich Bedenken ein: Wie wird das sein, in eine chinesische Familie einzuheiraten? Immer die Exotin sein, nie in einen Freundeskreis eintauchen zu können, ohne ein Fremdkörper zu bleiben? Was werde ich dort tun, werde ich Arbeit haben?

Schließlich gilt es, Abschied vom Paternoster zu nehmen, mein Arbeitsvertrag in Klonland läuft aus, ich habe noch einen Jeep in Peking.

Es wird zur Abschiedsfete geladen. Mit jeder Einladung verschicke ich Puzzleteile eines Kinderfotos von mir, die zu dem Fest mitgebracht werden sollen, um das Bild zusammenzusetzen. Chinesisches Geschirr, Erinnerungsstücke und Nippes verlose ich in einer Tombola, um möglichst schwerelos nach China auszuwandern. Bücher, Bilder und die wenigen Möbel, die ich besitze, verkaufe und verschenke ich. Beim Packen ein paar Tage später fällt auf, dass ein Teil des Puzzlefotos fehlt. Also fliege ich ohne dieses Stück von mir nach Peking.

Ein Bekannter von Yang zieht vorübergehend zu seinen Eltern und stellt uns seine Wohnung zur Verfügung. Eine gemeinsame Wohnung! Sie strömt den Geruch eines anderen Mannes aus, und um nicht in einem fremden Bett schlafen zu müssen, legen wir unsere Matratzen auf den Boden.

Bäuchlings liegen wir an unserem ersten Abend darauf, eng beieinander, keine mahnende Stimme aus einer Gegensprechanlage zu erwarten. Yang spielt mir eine Kassette mit seiner Lieblingsmusik vor, Wind of Change.

„Die Musik klingt toll, aber ich verstehe den Text nicht", sagt er.
„Übersetzt du es mir?"
Ich soll den Text ins Chinesische übersetzen?

I follow the Moskva
Down to Gorky Park
Listening to the wind of change
An August summer night
Soldiers passing by
Listening to the wind of change
...

"Ist bei der Kassette der Text dabei?", frage ich.
„Ja, hier", Yang reicht mir die Beilage.

Wir legen den englischen Text vor uns hin, ich verfolge mit den Fingern die Zeilen und versuche, simultan zu übersetzen.

...
Did you ever think
That we could be so close, like brothers
...

„Nein", protestiert Yang, „nicht wie Bruder und Schwester!"
„Nein", stimme ich zu.

Es sind die ersten Tage mit Yang, das erste Wochenende in Peking, das ich nicht im Studentenwohnheim verbringe.

Während meiner Studienzeit in China hatten wir viel chinesischen Rock und Pop gehört und in der Wohnheimdisco gelegentlich Lambada getanzt. Jetzt möchte Yang wissen, welche Musik ich in Klonland höre.

„Mit den Texten kann ich vielleicht meine Aussprache verbessern", sagt er. Ich spiele ihm Nina Hagen vor:

...
Süß, süß, süß,
ich find' wie Honig bist du.
Süß, süß, süß,
glaub' mir,
das schmeckt man im Nu
...

Den Text versteht er sofort: ein wunderschönes Liebeslied, findet er. Den Witz begreift er genauso wenig wie ich den im chinesischen „Xiangsheng", dem Komischen Dialog, eine Kunstform, in der es um Virtuosität und Witz der chinesischen Sprache geht. Ich höre den Dialogen trotzdem gerne zu, er singt Nina Hagen trotzdem mit, so verbessern wir beide unsere Kenntnisse der Fremdsprache.

Irgendwann ist das Wochenende vorbei, Montag müssen wir zur Arbeit. Von Klonland aus habe ich bei der Pekinger Niederlassung einer großen ausländischen Firma eine Anstellung gefunden.

Zwei Tage später stecke ich im Taxi sitzend zum ersten Mal im Berufsverkehrsstau fest, der in den nächsten Wochen und Monaten zu jedem Morgen und zu jedem Feierabend gehören wird.

Ebenfalls Teil meines neuen Lebens werden Umzüge. Denn der „starke General" an meiner Seite findet immer neue, noch bessere Wohnungen für uns.

Es sind wunderschöne darunter, ich erinnere mich an die in einer Wohnsiedlung, in der mich jeden Morgen das Krähen eines Hahnes weckte, auch am Wochenende. Aber auch dort blieben wir nur wenige Wochen. Was genau Yang suchte, weiß ich nicht, wahrscheinlich eine lukrative Geldanlage, es waren alles Eigentumswohnungen, alle zwei bis drei Monate eine neue.

„Jetzt kaufe ich eine Wohnung am ‚World Trade Center', von dort aus kannst du mit dem Fahrrad zur Arbeit fahren."
„Da bleiben wir dann, oder?"

„Ja", bestätigt Yang, „dort bleiben wir."
Dann kann ich in der vierten Wohnung Wurzeln schlagen? Ich hatte das Umziehen nicht als Belastung empfunden, Yang hatte das immer so gut organisiert, dass ich nicht einmal meine Zahnbürste selbst hatte einpacken müssen. Trotzdem klingt die Aussicht gut, länger als vier bis sechs Wochen in der neuen Wohnung bleiben zu können.

Yang lässt diese gründlicher renovieren als die drei Wohnungen zuvor; wir suchen Teppichboden und Möbel aus, dies soll für längere Zeit unser Zuhause bleiben. Durchatmen, ankommen.

Alltag. Yang fährt mit dem Jeep zur Arbeit, er muss quer durch die Stadt, für mich sind es nur zwei Kilometer, ich nehme das Fahrrad. Kein stundenlanges Staustehen mehr für mich.
Eines Abends, der Jeep hat seinen Dienst versagt, kommen wir von Freunden zurück. Wir radeln nebeneinander den breiten Fahrradweg entlang, da sehe ich plötzlich und in letzter Sekunde ein Loch mitten in der Straße, einen offenen Abwasserkanal, kein Deckel weit und breit. Ich weiche hastig aus, schlingere, stürze fast, fange mich. Yang sagt, den eisernen Kanaldeckel haben wahrscheinlich Bauern mitgehen lassen, um das Eisen zu verwenden oder zu verkaufen. Damals erstaunte mich dieses Maß an krimineller Energie aus einer Bedürftigkeit heraus; 20 Jahre später riskieren Diebe in Klonland ihr eigenes Leben und das vieler Unbeteiligter, um Kupferrohre aus den Kellern von Wohnhäusern zu entwenden. Wunder der Globalisierung?

„Lass uns unsere Wohnung tagsüber einem Freund von mir geben", sagt Yang.
„Will er hier richtig einziehen?", ich verstehe nicht.

„Nein, er braucht sie nur für ein paar Stunden."
„Hat er selber keine?", mir erschließt sich immer noch nicht der Sinn.
„Doch, aber da kann er mit seiner Geliebten nicht hin."
„Wie bitte? Dein Freund will sich mit seiner Freundin in unserem Bett vergnügen?"
„Das ist doch kein Problem, du merkst gar nichts davon!"
Jetzt verschlägt es mir doch die Sprache.
„Der Freund ist absolut vertrauenswürdig", fährt Yang fort. „Er wird hier in der Wohnung nichts anfassen."
„Seine Frau wird ihn wohl weniger vertrauenswürdig finden", murmele ich.
„Findest du das normal?", frage ich Yang.
„Von meinen Kollegen sind die meisten verheiratet und haben eine Affäre. Jeder hat irgendwann geheiratet; weil man das eben so macht, und hat jetzt nebenbei Sex mit anderen Frauen."
„Macht es dir nichts aus, dass er das in unserem Bett tut?"
Gehörte das zu den fremden Gewohnheiten des Landes, in das ich ausgewandert war? Würde ich umgekehrt unser Schlafzimmer einer Freundin zur Verfügung stellen, die unzufrieden in ihrer Ehe ist? Yang akzeptiert meine Bedenken, sein Kollege findet anderswo Platz für seine außerehelichen Vergnügungen.

Es ist schrecklich. Da sitze ich und bin hinter Zahlungen für gute deutsche Industriemaschinen her, werfe plötzlich mit Begriffen wie „Letter of Credit" um mich und kann mich nicht einmal darüber freuen, ihn auch auf Chinesisch zu beherrschen. Der oberste Boss, ein Amerikaner, behandelt uns, die Angestellten einer aufgekauften Firma, wie sein Eigentum, die chinesischen Angestellten sind seine Sklaven, er tobt und brüllt und duldet auch bei mir keinen Funken eigenständigen Denkens und Handelns. Ich halte durch, weil ich glaube, das tun zu müssen; es hilft auch nicht, mir klar zu machen, dass seine Stimme das Einzige ist, womit der Mann glaubt gehört zu werden. Ich höre und verstehe die selbstbewussten, belustigten und augenrollenden Kommentare der chinesischen Angestellten, aber lustig wird mir nicht zumute, im Gegenteil, es geht mir immer schlechter.

Dr. Zao, mir fällt Dr. Zao ein, seine Behandlungen haben mir immer so gut getan. Knapp zwei Jahre nach Ende meiner zwei Studienjahre in China bin ich noch einmal bei Dr. Zao.

„Gut, versuchen wir es", sagt Yang.
„Weißt du noch den Weg dorthin?"
„Die Adresse könnte ich dir nicht nennen", antworte ich, „aber Doolittle findet den Weg fast allein."

Mein Chinesisch ist besser geworden, ich verstehe Dr. Zao jetzt trotz Dialekt. Er behandelt mich wie früher, legt seine Hände auf und treibt krankes Qi aus. Yang sieht sich das an und hält dagegen:

„Was soll das, das bringt doch nichts. Sie sollen meine Frau richtig behandeln!"
Wir sind nicht verheiratet, aber so klingt es besser, denn in China leben im Allgemeinen nur verheiratete Paare zusammen.
„Aber das ist seine Behandlungsmethode, das hat mir immer sehr gutgetan", versuche ich zu vermitteln.

Bei Yang bricht der Naturwissenschaftler durch: „Das ist doch keine richtige Behandlung", sagt er zu Dr. Zao. „Stellen Sie bitte eine vernünftige Diagnose und behandeln Sie die Frau entsprechend, ich zahle jeden Preis."

Bei den letzten Worten sehe ich Dr. Zaos Miene sich verändern, Sensibilität und Wärme in seinen Augen erlöschen. Dr. Zao untersucht meine Beine und Rücken genau und diagnostiziert Bandscheibenvorfall. Eine Fehldiagnose, wie sich herausstellt, und eine gut bezahlte dazu. Denn ab sofort rechnet Dr. Zao jeden seiner Handgriffe ab. Der magische Zauber, der uns beide trotz seines Shandong-Dialekts und meines Radebrechens einst verband, er ist zerplatzt. Sprachlich ist die Verständigung besser als je zuvor, aber wir verstehen uns nicht mehr.

‚Liang ge chou pijiang ding yi ge zhuge liang', zwei stinkende Schuhmacher sind besser als der berühmte Stratege Zhuge Liang, eins der Mottos von Yang, es hatte uns durch die Innere Mongolei getragen: Zu zweit waren wir unschlagbar. Jetzt schien Yang blind für mich zu sein, er konnte meinen Zugang zu Dr. Zao offenbar ebenso wenig nachvollziehen wie ich sein verzweifeltes Geldangebot.

Ich soll zwei Wochen stationär bleiben, untergebracht in einer Art stillgelegtem Dienstbotenhaus, in dem ein Zimmer für mich leer geräumt wird. Das Gelände gehört zum Militär, deshalb dürfen dort keine Ausländer wohnen. Yang erläutert der Verwaltung, ich komme aus der Provinz Xinjiang im Nordwesten Chinas, daher die blonden Haare und das unperfekte Chinesisch. Wahrscheinlich glaubt uns das niemand, aber es verliert niemand das Gesicht, wenn ich dort wohne, ich kann bleiben.

Yang und ich fahren nach Hause, holen Kleidung, organisieren eine Helferin, die bei mir sein wird. Denn es muss täglich genug abgekochtes Wasser zum Trinken und Waschen geholt und Wäsche gewaschen werden. Es gibt keine Dusche, nur fließend kaltes Wasser.

Dr. Zao legt sich ins Zeug. Ich liege einige Tage hintereinander zweimal täglich auf einer Holzpritsche, in die eine etwa 20 mal 20 Zentimeter große Aussparung im Lendenwirbelbereich gesägt wurde, darunter brodelt auf einer primitiven Kochplatte ein Kräutersud. So soll der Rücken weich und entspannt werden.

Am vierten oder fünften Tag werden sechs durchtrainierte Sportler zusammengetrommelt, ich liege bäuchlings auf einer Behandlungsliege, man bindet mich an Schultern und Beinen sehr stabil dergestalt in Bandagen ein, dass je drei Männer oben und drei unten Zugriff haben und mich auf Kommando auseinanderziehen können. Der Arzt steht neben der Behandlungsliege und wird während des Auseinanderziehens die vermeintlich herausgerutschte Bandscheibe durch kräftiges Drücken in ihre Position zurückschieben. Ich soll ein Stück zusammengeknäuelte Bandage in den Mund nehmen, warum, verstehe ich nicht bzw. kann es mir nicht vorstellen.

Schon ertönt das Kommando, „eins-zwei-drei!", und die Männer beginnen mich mit aller Kraft auseinanderzuziehen, der Arzt drückt kräftig auf die Lendenwirbelsäule. Schriller Schmerz. Ich schreie den Knebel in hohem Bogen zum Mund hinaus. Jetzt weiß ich, wofür der Stoff in meinem Mund gedacht war: um meine Schmerzensschreie nicht so laut werden zu lassen, dass sie die Sportler in ihrer Arbeit behinderten.Eine mittelalterlich anmutende Behandlungsmethode, wahrscheinlich tatsächlich seit hunderten von Jahren so angewendet.

Das Ruhen über dem Kräutersud und das In-die-Länge-Ziehen werden täglich bzw. im Abstand von einigen Tagen wiederholt. In der freien Zeit dazwischen gehe ich spazieren, soweit meine Kräfte es zulassen, und bin froh, den tyrannischen amerikanischen Chef nicht sehen zu müssen.

Während des Weichkochens und bei den Runden, die ich in aller Ruhe auf dem Sportplatz drehe, erinnere ich mich an die Behandlungen, die ich einst bei Dr. Zao so genoss. Wenn ich im Jeep auf das Sportgelände fuhr, stand er zuweilen draußen vor seinem Behandlunggszimmer und wässerte geduldig das kleine Blumenbeet, das es im trockenen Pekinger Winter und Frühjahr nicht leicht hatte. Unsere holprigen Gespräche, Shandong-Dialekt gegen Anfänger-Chinesisch, die geruhsamen, unspektakulären Behandlungen…
Diesen Dr. Zao gibt es nicht mehr, seit Yang ihm Geld angeboten und er es angenommen hat.

Nach knapp zwei Wochen teilt Dr. Zao mir mit, dass mehr Geld fällig sei. Ich rufe Yang an, in der Zeit vor Mobilfunk ein aufwendiges Unterfangen: Ich gehe zum öffentlichen Fernsprecher beim Pförtner der Armee-Sport-Anlage, lasse Yang über seinen Pager um Rückruf bitten, er ruft an, und auch wenn es mir einerseits das Herz bricht: Wir beschließen auf die neuerliche Geldforderung hin, die Behandlung und den Aufenthalt bei Dr. Zao abzubrechen. Denn andererseits ist unser magisch-heilsames Band, an das Yang nie geglaubt hat, unwiederbringlich zerrissen. Ich bin unendlich traurig. Yang und ich sprechen bei solchen Gelegenheiten nicht chinesisch, weil sonst alle Umstehenden mithören können. Die Helferin und ich packen unsere Sachen zusammen, Yang kommt spät in der Nacht, wie eine Verbrecherin brause ich mit meinem Komplizen bei Nacht und Nebel davon.

Ich habe Dr. Zao nie wiedergesehen, werde ihn immer als begnadeten und buchstäblich unbezahlbaren Heiler in Erinnerung behalten: Geld nimmt ihm seine Heilkräfte.

Zwei Wochen war ich bei Dr. Zao in bezahlter Behandlung, wurde weichgekocht und in die Länge gezogen. Die Behandlung selbst brachte nicht viel, die Ruhe dort aber tat sehr wohl.

Auf diese Weise gestärkt gehe ich wieder zur Arbeit. Mit den Kolleginnen und Kollegen ist das Arbeitsklima so gut, mit dem Chef so katastrophal wie immer. Er ist schon eine halbe Ewigkeit in China. In Klonland war er höchstwahrscheinlich und wäre weiterhin ein Abteilungsleiter mit Mittelklassewagen, Dreizimmerwohnung und Jahresurlaub an der Ostsee oder auf Mallorca. In China ist er Firmenchef mit deutlich sechsstelligem Jahresgehalt, zwei Dutzend Angestellten unter sich, Bediensetem im Haus und Fahrer für seinen S-Klasse-Mercedes. Wie soll er jemals wieder in Klonland Fuß fassen? Und wie sich Gehör verschaffen, wenn nicht durch Brüllen?

Es ist einer dieser heißen Pekinger Sommertage, auf dem Rückweg von der Firma. Während eines wolkenbruchartigen Regengusses versuche ich an der Straße ein Taxi zu bekommen, klitschnass steige ich schließlich in ein bereits besetztes ein,

Hauptsache trocken, der Fahrer macht das Geschäft seines Lebens, ich zahle das Vierfache des üblichen Fahrpreises, die anderen, nicht langnasigen Kunden wahrscheinlich nur das Doppelte, der Fahrer jedenfalls kassiert ordentlich.

Erst bei weit über 30 Grad geschwitzt, dann im stark klimagekühlten Büro gesessen, anschließend bis auf die Haut durchnässt – bei dieser Gelegenheit, denke ich später, werde ich mir den Infekt geholt haben. Tags darauf, es ist Tag eins nach Ende der Probezeit, schleppe ich mich zur Arbeit, um den faschistoiden Chef nicht mit einer Krankmeldung zu provozieren, am Nachmittag gehe ich dann doch nach Hause und lege mich entkräftet ins Bett, muss mich übergeben, drehe mich mit letzter Kraft auf die Seite, um nicht an dem Erbrochenen zu ersticken, was tun ohne Telefon in der Wohnung, es ist längst beantragt, aber die chinesische Telekom lässt auf sich warten, Yang ist auf Dienstreise, Mobiltelefon gibt es noch nicht. Ich mobilisiere letzte Kraftreserven, stelle mir einen Stuhl in die halb geöffnete Wohnungstür, setze mich schlaff hin und warte auf irgendeinen Menschen, der durchs Treppenhaus geht. Ich nenne einer Frau die Telefonnummer von Yangs Eltern...

Ins dritte Stockwerk zu den Eltern schaffe ich es gerade noch, esse etwas und lege mich hin. In der Nacht wird mir immer heißer, Yangs Schwester bringt ein Fieberthermometer, dann geht alles sehr schnell, ein Mann trägt mich Huckepack die Treppe hinunter, Beine und Füße schlenkern kraftlos die Stufen hinunter, unten wartet ein Taxi, fährt uns fünfhundert Meter weiter in die benachbarte Universitätsklinik. Alles bleibt nebelhaft, Yangs Mutter und Schwester erledigen die Formalitäten, irgendwann nehme ich so etwas wie eine Aufnahmestation um mich herum wahr, bekomme eine Infusion nach der anderen, werde später in ein Einzelzimmer geschoben, Yangs Mutter sitzt neben meinem Bett, dann soll mir von einer Schwester oder Schwesternschülerin Blut abgenommen werden, sie sticht irgendwo in den Arm und stochert mit der Nadel nach der Vene, ich brülle vor Schmerzen, Yangs Mutter sorgt dafür, dass eine erfahrene Kollegin übernimmt. Mein Unterbauch, ein berstender Schmerz, mir fällt in meinem Dämmerzustand ein, das muss meine Blase sein, wieso tut keiner was, Schwestern und Ärzte waren angesichts einer Ausländerin mit über 40 Grad Fieber offensichtlich zu nervös, um zu realisieren, dass ich intravenös große Mengen Flüssigkeit zu mir genommen habe, Traubenzucker, erfahre ich später, aber nie zur Toilette gegangen bin. Verzweifelt krame ich nach chinesischen Wörtern, die ich nie gebraucht habe: Harn ablassen, Katheter... Yangs Mutter übersetzt mein Stöhnen und Stammeln, sodass endlich ein Katheter zum Einsatz kommt, die Umstehenden sind überrascht, wie voll die Blase war.

„Wir müssen Sie hierbehalten", am nächsten Tag bin ich wieder ansprechbar, die Ärzte teilen mir das weitere Vorgehen mit.
„Wie lange?"
„Zwei Wochen mindestens."
Dann bekomme ich Krankenhauskleidung. Blau gestreifte Jacke und Hose in Einheitsgröße. Ich wundere mich: Sträflingskluft?
„Wenn Sie sich vom Krankenhaus entfernen und plötzlich Hilfe brauchen, weiß jeder sofort, wo er Sie hinbringen muss", wird mir erklärt.

Ich bekomme ein Dreibettzimmer, in dem ich zwei Betten bezahlen darf, sodass ich höchstens eine Bettnachbarin bekommen kann.

„Ein Bett kostet 8 Kuai am Tag", das sind heute etwa 90 Eurocent.
„Jede Untersuchung, jede Behandlung und jedes Medikament wird einzeln berechnet", erklären mir Yangs Mutter und Schwester, die seit der nächtlichen Aufnahme alles regeln. Und sofort bar bezahlt haben, wer weiß, ob mir sonst so schnell geholfen worden wäre. Sie führen genau Buch, es sind unzählige Einzelrechnungen, ich zahle es ihnen später zurück.
„Das Essen holst du dir unten bei der Ausgabe."
„Wird mir das nicht gebracht?", was ist das denn für ein Krankenhaus, ich verstehe das alles nicht.
Zum Glück kommt Yang tags darauf von seiner Dienstreise zurück.

„Wir besorgen dir am besten eine ‚hugong', eine Hilfskrankenschwester, die wäscht für dich und holt dir Essen."
„Wie kommen denn die anderen Patienten an ihr Essen?"
„Meistens ist mindestens ein Familienmitglied bei ihnen, darum sind die Krankenzimmer immer so voll."
Es war mir schon aufgefallen, dass Tag und Nacht durchgehend Besuchszeit zu sein schien.
„Chinesische Krankenhäuser funktionieren anders, als du es kennst", erklärt mir Yang. „Hier gehören die Krankenschwestern zum medizinischen Personal, pflegen müssen Angehörige oder eben eine ‚hugong', die man extra bezahlt."

Später komme ich mit einer Frau ins Gespräch, die schon lange im Krankenhaus liegt.

„Mein Mann hat gekündigt", erzählt die junge Frau, die wenig älter sein mag als ich. „Entweder bin ich zu Hause und brauche Hilfe, oder er versorgt mich im Krankenhaus."
Wovon leben sie, frage ich mich.
„Unsere Eltern und Geschwister unterstützen uns", ergänzt sie, als habe sie mir die Frage vom Gesicht abgelesen.

Es werden vier Wochen im Krankenhaus. Die längste Zeit bin ich allein im Zimmer, wir schieben das leere Bett, das ich auch bezahle, an meines heran, Yang übernachtet bei mir.
Dann bekomme ich eine Zimmernachbarin. Sie scheint Hochschullehrerin zu sein, es besuchen sie pausenlos Studierende, die große, dekorativ arrangierte Obstkörbe mitbringen, mit guten Genesungswünschen.
Vor der Klinik tummeln sich zahlreiche Obststände wie anderswo Blumengeschäfte.
Mit mir spricht sie kaum, sie kommt vor Hofiert-Werden nicht dazu, von den Krankenschwestern wird nebenbei eine Infusion nach der anderen gelegt.

„Es geht mir schon viel besser", sagt sie einer Besucherin. „Zwei Tage Infusionen, das wird genügen."
„Mei shi," – „Kein Problem", beruhigt sie eine andere. „In ein paar Tagen arbeite ich wieder."

„Dankedankedanke", der nächste Obstkorb. „Liangtian shuye jiu haole." – „Zwei Tage Infusionen, dann bin ich wieder in Ordnung."

Sie wirkt weniger krank als sehr beschäftigt. „Zwei Tage Infusionen" scheint für „zwei Tage Auszeit" zu stehen. Viele Menschen gönnen sich gelegentlich eine Reihe von Traubenzucker-Infusionen, wenn sie sich überfordert, erschöpft und müde fühlen.

In Kaiserland war es der Glaube an die fast magische Heilkraft einer Flüssigkeit, die direkt in die Vene geleitet wird. Yasmins Familie war auch davon überzeugt, erinnere ich mich. Hier auch?

Es geht mir langsam besser, ich bewege mich durch Krankenhaus und Garten, nehme meine Umwelt wieder wahr. Im Nebenzimmer liegt ein kleiner Junge mit seiner ‚laolao', der Großmutter mütterlicherseits, als Begleitperson. Bei ihm geht es um die Augen, er wartet auf die Verlegung in eine Augenklinik. Dort soll er richtig behandelt werden. Ein waches Kind, das gern mit Oma und mir durch die Straßen beim Krankenhaus spaziert. Für längere Strecken bin ich noch zu schwach, da leihe ich mir einen Rollstuhl im Krankenhaus. Der Junge liebt es, mich darin um den Block zu schieben, Oma hilft bei den Bordsteinen.

Dawei heißt er, der ‚ganz Große'. Seine Eltern wünschen ihm mit diesem Namen vielleicht eine großartige Zukunft. Draußen will er jedes Straßenschild und jede Werbeaufschrift entziffern, er hat die erste Klasse der Grundschule besucht, kennt also schon viele Schriftzeichen. Aber seine Sehkraft ist weit geringer als die Gleichaltriger.

Oft stelle ich mir die Zukunft von Dawei vor: Werden seine Augen geheilt werden? Wird er lesen können? Sehbehinderte oder auf andere Art eingeschränkte Menschen werden im Schwellenland China nicht besonders gefördert, der Junge wird es wahrscheinlich schwer haben.

Der Gärtner, der die Grünanlage des Hauses bestellt, ist ein pensionierter Mann von Anfang 60, der sich etwas dazuverdient. Er überrascht mich eines Tages mit einem deutlichen „Guten Tag!", strahlt mich dabei an.
„Sie sprechen meine Sprache?!", frage ich verblüfft.

Er antwortet auf Chinesisch, es sei lange her. Ich frage nach, in den sechziger Jahren, erzählt er, habe er einen Studienplatz gehabt, um Dolmetscher für die deutsche Sprache zu werden. Ein Jahr habe er lernen können, daher seine Grundkenntnisse, dann sei die Kulturrevolution ausgerufen worden, er wurde aufs Land verschickt.

„Das war ein Dorf fast 1000 Kilometer von Peking entfernt", erinnert er sich. „Ich musste Gemüse anbauen. In dem Dorf war nichts los, die Abende dehnten sich endlos. Da habe ich im Kerzenschein Karl Marx auf Deutsch gelesen, etwas anderes hatte ich nicht mitnehmen dürfen."
„Wie lange ging das so?"
„Ich war fünf Jahre in dem Dorf."

„Haben Sie anschließend Ihr Studium wieder aufgenommen?", ich ahne, dass das eine naive Annahme ist, möchte aber wissen, wie es weiterging.
„Nein. Die Hochschulen haben erst ein paar Jahre später wieder geöffnet. Ich hatte derweil am Gärtnern Freude gefunden und

damit weitergemacht." Es stimmt, mir ist aufgefallen, mit welcher Leidenschaft er seiner Tätigkeit nachgeht.

Jedes Mal, wenn wir uns auf dem Krankenhausgelände treffen, unterhalten wir uns, einmal schenkt er mir einen kleinen Blumentopf mit dem winzigen Ableger einer Rose darin.

Die Begegnungen mit ihm verkürzen mir den öden Klinikalltag. Ich lerne etwas über Pflanzen, die ich nie zuvor gesehen habe, und über einen Menschen, der zufrieden lebt, nachdem ein diktatorisches Regime ihm in der ersten Lebenshälfte alle Pläne durchkreuzte.

Was akut zu behandeln war ist erledigt, zur weiteren Therapie werde ich nach Klonland fliegen. Die Freundin, die mich dort vom Flughafen abholt, kann ihr Entsetzen über mein abgemagertes Äußeres schlecht verbergen. Ich fahre in den Süden, um mich in vertrauter Umgebung weiter behandeln zu lassen. Ich bekomme eine mehrwöchige Therapie in einem Krankenhaus, in dem ich keine Leistungen dazukaufen muss, weil alles pauschal und über die Krankenkasse abgerechnet wird. Aber so inspirierende Begegnungen wie die mit dem leidenschaftlichen Gärtner und dem kleinen Dawei fehlen.

„In zwei Wochen muss ich nach Klonland, eine Dienstreise. Sehen wir uns?", Yang ruft mich von Peking aus in der Klinik in Klonland an.
„Wo genau?", frage ich.
„Bei meiner alten Firma."
„Wie praktisch, das ist hier in der Nähe, wo treffen wir uns?"

Ich beende auf eigene Verantwortung meinen Krankenhausaufenthalt und kann nur hoffen, mein Bett nach dem Wochenende wieder frei vorzufinden, garantieren kann man es mir nicht.

Endlich. Zum ersten Mal seit vielen Wochen sehen wir uns nicht in einem Krankenhaus, alles scheint etwas unwirklich, wir treffen uns in einer kleinen Stadt, gehen erst mit dem Kollegen von ihm aus – er versteht die Sprache nicht und hätte sonst nichts zu essen bekommen – anschließend verbringen wir zwei Stunden im Striplokal, das sei der Wunsch des Kollegen, sagt Yang, er decke Yang vor dem Chef, der nicht wissen dürfe, dass Yang eineinhalb Tage der teuren Dienstreise mit mir verbringe. Dann sind Yang und ich den Rest der Nacht ohne den Kollegen.

„Wann trefft ihr euch morgen?", will ich wissen.
„Um elf Uhr holen wir ihn in seinem Hotel ab."
Uns bleiben gut zehn Stunden, bevor wir wieder zu dritt sein werden, rechne ich aus.

Tags darauf besuchen wir zwei Schlösser, das möchte vor allem der sprachunkundige Kollege, und essen echte Maultaschen. Yang kennt diese Gegend Klonlands seit seinem Praktikum und spielt den Fremdenführer. Noch eine Nacht mit Yang, dann müssen die beiden arbeiten, ich fahre zurück in die Klinik, werde problemlos wieder aufgenommen, „mein" Bett wartet auf mich.

Nach sechs Wochen Krankenhaus in Klonland bin ich froh, wieder in meiner alten WG Unterschlupf zu finden. Als Erstes erfahre ich, dass sich das Puzzleteil beim Großreinemachen nach zehn Monaten unter der Kommode angefunden hat - ich verstaue es sicher in meinem Geldbeutel, um später, zurück in Peking, das Bild vervollständigen zu können.

Die Firmenzentrale in Klonland will wissen, wann ich nach Peking zurückfliegen und wieder arbeiten werde.
Gar nicht, weiß ich plötzlich. Wir einigen uns auf eine Abfindung in für mich schwindelerregender Höhe und lösen den Arbeitsvertrag auf. Nach sechs Monaten und einem Tag Arbeit sowie mehreren Wochen Krankenhaus in China und Klonland.

Frei. Ich fühle mich befreit. Kein tobender Chef mehr, keine Abwicklung von Maschinenverkäufen mehr, kein Nachhaken wegen ausstehender Zahlung bei chinesischen Kunden – auch wenn diese Telefonkontakte quer durchs Land spannende Herausforderungen waren: Der Shandong-Dialekt von Dr. Zao war nur ein schwacher Vorgeschmack davon gewesen. Es gehört zu meinen unbeantworteten Fragen, warum ich diesen Job nicht schon viel früher hingeschmissen habe.

Yang ruft immer wieder an; da seine Firma in Klonland einkauft und er sich gut mit seinem Chef versteht, kann er das vom Büro aus tun. Bei jedem Gespräch will er wissen, wie es mir inzwischen geht. Ich solle mich genug ausruhen, „xiuxi", Pause machen.

„Was ich hier mache, ist eine einzige lange Pause", antworte ich auf Chinesisch. „Im Februar werde ich nach Peking zurückkommen und nicht mehr in der Firma arbeiten, es wird viel ruhiger werden!"

Dann kommt irgendwann ein Brief von ihm. Auf Papier, das ich schnell als unchinesisch zu erkennen glaube, ob er es seinerzeit in Klonland gekauft und nach China mitgenommen hat?

„Kurier dich gut aus", schreibt er auf Chinesisch. „Komm erst zurück, wenn du ganz gesund bist."

Darüber denke ich lange nach. „Mir geht es gut", schreibe ich dann zurück. „Ich jogge ab und zu, gehe in die Sauna, fahre Fahrrad." Er war in Klonland, er weiß, wie Fahrradfahren hier aussieht. „Aber ganz gesund", fahre ich ehrlicherweise fort, auf Chinesisch zu formulieren, „ganz gesund werde ich wahrscheinlich nie, das musst du wissen, wenn wir zusammenbleiben wollen. Wenn die Verdachtsdiagnose von vor über zehn Jahren stimmt, und davon gehen die Ärzte wohl aus."

Zwischen Weihnachten und Silvester kommt wieder ein Brief von ihm. Wieder schreibt er in sorgfältig gemalten Schriftzeichen, damit ich alles lesen kann.

„Du hast mir einen Brief geschrieben", beginnt er, blauer Kugelschreiber auf rosarotem Papier. „Du schreibst, dass es dir besser geht, aber dass du wahrscheinlich nie richtig gesund werden wirst", schreibt Yang weiter. „Das ist für mich sehr schwierig."

Mir zieht sich der Hals zu, ich spüre Yang sich winden.

„Wenn du krank bist, muss ich für dich sorgen, du weißt, so wie meine Mutter neben deinem Bett sitzen. Ich müsste meine Arbeit kündigen. Wenn du krank bist, kann ich nicht mit dir zusammenbleiben und dich heiraten. Ich werde immer dein Freund bleiben und für dich da sein, so wie für andere Freunde auch. Aber heiraten, das geht nicht..."

Alles dreht sich. Das Wort „Trennung" kommt in seinem Brief nicht vor. Aber das heißt es wohl. „Freunde bleiben"... Ich rufe an, er scheint darauf vorbereitet zu sein, fährt – bei ihm ist es lange nach Feierabend – in die Firma und ruft eine Stunde später zurück. Telefongespräche waren damals noch teuer, darum rief er auf Firmenkosten an. Das hatten wir schon immer so gemacht und nie ein besonders schlechtes Gewissen dabei gehabt, denn er hatte seiner Firma, sagte er, manchen Riesendeal an Land gezogen.
Seine Anrufe kamen sonst immer mitten in meiner Nacht, für ihn vor Arbeitsbeginn. Dieser erreicht mich am Nachmittag, bei ihm ist es später Abend, lange nach Dienstschluss.

„Du brauchst gar nicht zurückzukommen, ich bezahle die Stornokosten."

Stornokosten? Konsterniert frage ich nach, er antwortet, ich frage zurück, er erklärt, ich ringe mit mir, ringe um Fassung, ringe mit ihm. Es bleibt dabei. Er will nicht mehr. Weil ich ihm zu krank bin. Rational verstehe ich die Entscheidung sogar. Ich habe im Pekinger Krankenhaus erlebt, wie Mütter, Väter, Ehemänner, Ehefrauen, Kinder und Schwiegerkinder sich rund um die Uhr um ein krankes Familienmitglied kümmern. Da bleibt kein Raum für eigenes Leben, mitunter nicht einmal für die Arbeit, die den Lebensunterhalt sichert.

„Stornokosten - phh", sage ich trotzig zu meinen Mitbewohnerinnen. „So leicht mache ich es ihm nicht."

„Er soll es mir ins Gesicht sagen", ich versuche meiner Freundin zu erklären, warum ich nach Peking fliegen möchte.

Zwei Wochen später: Wie anders dieser Flug ist als andere zuvor. Mein Herz flog einst Peking entgegen, jetzt ist es so bleiern schwer, dass ich mich wundere, wie der Flieger überhaupt abheben kann. Während des Fluges sehe ich unter mir die Wolken ziehen – oder bin ich es, die sich fortbewegt? Da sehe ich, glaube ich, draußen die langen Haare des Peking Opa leicht im Wind wehen, als säße er fast neben mir auf der Tragfläche.
Ich höre ihn fröhlich vor sich hin murmeln und summen: „Ach wie gut, dass niemand weiß, dass ich Rumpelstilzchen heiß'."
Mir fällt sofort die Faschingsfeier im Kindergarten ein, bei der ich den Peking Opa einst kennenlernte. Mich überschwemmt ein Gefühl von Wärme, ich denke für ein paar Sekunden nicht an den Brief von Yang. Bei Landung und dröhnender Schubumkehr verliere ich den Peking Opa aus den Augen, beim Einparken des Riesenvogels sitzt er nicht mehr da.

In Peking atme ich vertraute Düfte, höre typische Geräusche, die mühsam erlernte Sprache. Wie fremd mir all das drei Jahre zuvor erschienen war!
Als ich jetzt Yangs Schwester und ihren Mann hinter der Absperrung erblicke, wird mir eisig klar, dass ich Yang wirklich verloren habe: Er schickt andere vor.

Wir fahren – nicht zu ihm nach Hause, sondern etwas weiter die Straße hinauf in ein kleines Hotel.

„Wenn du etwas brauchst, melde dich. Das Hotel bezahlt Yang, er wird dich anrufen", ich spüre, wie unwohl die beiden sich fühlen.

Schier endlos dehnen sich die ersten zwei Tage, in denen das Telefon ohrenbetäubend schweigt. Dann ruft er an.

„Hallo Eva", laute Hintergrundgeräusche. „Ich bin auf einer Konferenz außerhalb von Peking. Ich rufe dich später wieder an, Scha—", fast rutscht ihm sein vertrautes „Schatz" mit dem liebenswerten Akzent heraus. Er tritt auf die innere Bremse: „Ich komme so schnell wie möglich zu dir."

Einige Tage später kommt er. Wir sehen Video-Filme an, die ich aus Klonland mitgebracht habe – warum auch immer. Ich fühle mich schwach und ausgeliefert.

Dann ziehe ich in ein billigeres Hotel, weiter entfernt von Yang, ab sofort zahle ich selbst. Und frage mich, was ich mit dem Rest meines Lebens tun soll: Eine eigene Familie in China wird es ja wohl nicht geben, bleibe ich allein hier?

In den kommenden Tagen und Wochen rufe ich Freunde an, treffe Bekannte, suche Arbeit, Yang hilft mir beim Kauf eines Fahrrades, ich rufe ihn an, wenn ich Unterstützung brauche, traue mir wenig zu. In China hatte ich nie vor irgendetwas Angst, was ist los? Ich bin mit Flugzeug, Zug, Bus und eigenem Jeep kreuz und quer durchs Land gefahren, und jetzt überfordert mich der Kauf eines Fahrrades?

Wieder einmal treffen wir uns zum Mittagessen.
„Meine Mutter sagt, ich muss bald heiraten."
Klar, denke ich, der Opa wartet auf seinen Enkel.
„Es gibt eine Kollegin, die ich interessant finde. Sie sieht toll aus", Yang beschreibt ihre Kurven mit denselben Handbewegungen, mit denen er einst meine Figur nachzeichnete. Ich überlächle meine Verletzung.
„Eine andere hat Interesse an mir, aber die würde ich nicht heiraten wollen. Sie ist Dolmetscherin bei uns in der Firma."
In dem Hotelzimmer gibt es nur Neonlicht, für gemütlichere Beleuchtung kaufe ich mir eine Klemmlampe mit Glühbirne. Was für ein Wahnsinn, das hatten Yang und ich alles schon in unserer Wohnung, ich weiß nicht, wo er die Dinge eingelagert hat. Ein paar Kleinigkeiten besorge ich noch, Essstäbchen, Schälchen und Löffel etwa, so wie die Erstausstattung einst bei Studienbeginn. Damals wusste ich, wozu ich das tat – aber jetzt?

Alles wird in meinen Rucksack verschnürt und auf dem Gepäckträger meines Fahrrades festgeklemmt, dann geht es zurück ins Hotel. Da ist es wieder, dieses Getragensein in einem Strom rhythmisch in die Pedale tretender Menschen um mich herum.

So bin ich im Jahr zuvor von der letzten unserer Wohnungen aus zur Arbeit gefahren und wieder zurück. Mit dem gleichmäßigen Treten in die Pedale entledigte ich mich der Nachwirkungen des Arbeitstages. Ob ich so auch die Nebenwirkungen der Trennung von Yang abschütteln kann?

Als der Mann hinter mir plötzlich ausschert, mich überholt und davonrast, merke ich es: Der Rucksack hinter mir ist sorgfältig aufgeknüppert, mein Geldbeutel weg. Geld, Kreditkarte, alles.

Ich steige vom Fahrrad, bleibe stehen. Der dichte Strom von Fahrradfahrern, der mich getragen hat, richtig, ein Radfahrer war über mehrere hundert Meter dicht aufgefahren, das hatte ich bemerkt, ohne mich beunruhigen zu lassen. Aber so muss es gewesen sein – er hatte geduldig die Verschnürung des Rucksacks gelöst, den Geldbeutel gesucht, gefunden – um damit aus dem Radfahrerstrom auszubrechen und davonzusausen.
Ich hatte einen eklatanten Fehler gemacht. In China ist der Korb vorn am Lenker für Taschen und Einkäufe, der Gepäckträger hinten für Mitfahrende, das weiß in China jedes Kind. Yang hatte mir einmal erzählt, das sei eine der Grundregeln gewesen, die sein Peking-Opa ihm schon als Kind beigebracht hatte. Diese Lebensregel hatte mich in ihrer Einfachheit beeindruckt, ich hatte sie immer beherzigt. Nun habe ich alles verloren, auch das Puzzleteil, das ich in das Bild von meiner Abschiedsfeier in Klonland vor über einem Jahr hatte einfügen wollen. Das gepuzzelte Kinderbild von mir gibt es bis heute; das Teil, das damals in Klonland unter die Kommode rutschte, ist wahrscheinlich längst auf irgendeiner Müllhalde in China verrottet.

Es ist wie eine Zäsur. Meine Wertsachen sind futsch, weil ich eine Grundregel von Yangs Peking-Opa vernachlässigt habe. Damit ist jetzt Schluss. Ich lasse die Kreditkarte sperren, trauere dem Puzzleteil nicht länger nach, begebe mich auf Wohnungs- und Arbeitssuche und finde beides. Jetzt erlebe ich Peking ohne den schützenden Rahmen einer Universität und ohne Yang.

Eine Stelle im Büro einer der parteinahen Stiftungen; neben der schlichten Arbeit bleibt genug Zeit, Peking neu zu entdecken.

Es geht mir immer besser: Peking ohne Stressjob.

Endlich will ich die ehemaligen Kollegen der Firma treffen, mit denen ich im Jahr zuvor so gut zusammengearbeitet hatte.

„Wei?" – Hallo? „ Ni shi Wang Ping ma?" – Spreche ich mit Wang Ping?
„Yiwa!", die Kollegin erkennt meine Stimme sofort. „Du hier?!"
Ich berichte, wie es bei mir seit meinem Zusammenbruch im Sommer weitergegangen ist.
„Ihr seid doch jetzt im SCITE, oder?", der Umzug in ein moderneres Bürogebäude war längst überfällig gewesen. „Ich würde euch da gern mal besuchen."
Sie zählt auf, wer von den Kollegen gerade auf Dienstreise wohin ist und wann zurückkehrt.
„Dann komme ich später vorbei, wenn alle zurück sind", sage ich. „Ich bin ja in Peking." Und lege auf.

„Nein", höre ich eine sanfte Stimme neben mir. Ich sehe aus dem Fenster auf den geziegelten, etwa 20 Meter hohen Schornstein, der in meiner Vorstellung wahrscheinlich von der Kulturrevolution übrig geblieben ist, „Nein, du wirst nicht mehr in Peking sein." Ich erkenne die Stimme des Peking Opa, ich höre ihn deutlich.

Nicht in den Süden, sagt er, und plötzlich weiß ich es: Wenn ich Peking verlasse, dann nicht in den Süden Klonlands zurück, wo ich hergekommen bin. Verstanden habe ich diese Entscheidung erst zwei Jahre später. Damals habe ich nur gehandelt.

Für den Abschied von Peking, von Freunden und von einem Lebensentwurf gebe ich mir zwei Wochen Zeit. Ich lade Yang zu mir ein, und als er pausenlos mit seinem Pager hantiert und wichtige Gespräche terminiert, reiche ich ihm irgendwann wortlos den Ausdruck der Bestätigung meines Rückflugs in 14 Tagen. Schließlich kommt Yang zur Ruhe, sieht sie sich an, lässt das Blatt sinken – und verstummt. Er schweigt lange.

„Ich wusste, dass dieser Augenblick kommen würde, aber ich hatte nicht gedacht, dass es so schnell geht", sagt er dann mit leicht schwankender Stimme.
„Für nächsten Samstag habe ich ein paar Leute eingeladen. Kommst du auch?", frage ich. „Du kennst einige von ihnen."
„Wenn ich Zeit habe, komme ich. Mal sehen."

Am Sonnabend ist die winzige Wohnung gut gefüllt; ich habe in einem kleinen Restaurant eine größere Menge Jiaozi bestellt, Freund Pierre schleppt einen Kasten Bier in den vierten Stock hinauf. Ich hatte übersehen, dass die Kästen erheblich größer waren als die mir aus Klonland vertrauten. Jetzt wuchtet Pierre einen viel zu großen Bierkasten die Treppe hinauf und tags darauf den nur zur Hälfte geleerten wieder hinunter. Yang kommt kurz vorbei, er scheint irritiert, dass so viele Menschen zu meinem Abschied kommen, jedenfalls tut es mir gut, das anzunehmen. Er geht bald wieder, das ist also das Ende, denke ich, stehe in der Wohnung mit der Türklinke in der Hand, er auf dem obersten Treppenabsatz im Hausflur, eine Hand am Treppengeländer. Er beugt sich weit in meine Richtung vor, noch eine Woche früher wäre ich aus meiner Wohnung heraus und zu ihm hingetreten, heute aber bleibe ich, wo ich bin, in meiner Wohnung, und winke ihm „Auf Wiedersehen" zu. Den Peking Opa weiß ich hinter mir.

Als die Gäste nach und nach gehen, machen sich Trauer und Wehmut in mir breit.

„Bleibst du heute Nacht bei mir?", frage ich Pierre. „Es würde mir helfen."
„This will hurt you even more", warnt er. Pierre gehört zu den Menschen, mit denen ich mich in diesen Wochen angefreundet habe. Er ist Student der chinesischen Medizin aus Frankreich, wir teilen den gleichen Humor, er hat mir durch so manches Tief geholfen.
„No, it won't", da bin ich sicher.

Wir schlafen nebeneinander, mehr kann er nicht. Am nächsten Morgen klingelt es an der Wohnungstür, Yangs Mutter bringt mir ein Buch, das bei Yang liegen geblieben war und das er immer wieder vergessen hatte mir zurückzugeben. Yangs Mutter sieht mich an, das zerknitterte T-Shirt auf links gedreht, dazu Pierre in Boxershorts, ich sehe in die Augen einer klugen Frau und weiß, dass in erster Linie sie es war, die ihrem Sohn geraten hat, sich von einer nicht ganz gesunden Frau zu trennen und verstehe es sogar. Sie hat eine Nacht im Krankenhaus neben meinem Bett gewacht, sie fürchtet, dass das die Lebensperspektive ihres Sohnes sei, wenn er mich heirate: an meinem Bett wachen.

„Soll ich dich zum Flughafen bringen?", Yang ruft an. „Ich kann den Mercedes von meinem Chef ausleihen. Da ist viel Platz für dein Gepäck."
„Nein danke, Pierre holt mich ab, wir nehmen ein Taxi."

Ein letztes Mal die typischen Gerüche am Flughafen, Pierre kommt mit, bis die Kontrollen es nicht länger zulassen, mir wird flau, das war also eine dieser kurzen, hochverdichteten, unverzichtbaren Freundschaften, ich habe Pierre bei späteren Peking-Besuchen noch ein, zwei Mal gesehen, dann war er aus dem Studentenwohnheim und aus meinem Leben ausgezogen.

Wieder das viel zu schnelle In-eine-andere-Welt-Geschleudertwerden. Und doch ist es anders, weil ich diesmal schnell ans Ziel kommen wollte.
Auf dem Flughafen in Klonland verharre ich einen Moment.
„Willkommen in Klonland!", begrüßt mich mein Vater.

Und was tue ich jetzt?, frage ich mich.

Wohnen kann ich vorerst bei Yasmin in der Einliegerwohnung im elterlichen Haus.
Zum ersten Mal seit der Augenklinik vor 20 Jahren erlebe ich den Vater mit Zeit: Er ist im Ruhestand. Wir machen zu viert Ausflüge in die Umgebung: Eltern, Yasmin und ich. Für mich die Entdeckung der mauerlosen Stadt, ich hatte die Wende und die Zeit danach vor allem in China verbracht. Mein Vater ist weiterhin fast täglich im Büro, fährt mich zwischendurch je nach Bedarf zu Terminen, treibt weiterhin Spenden für seine Asylbewerber ein.

„Eine Million ist da zusammengekommen", mein Vater erzählt nicht viel von seiner Arbeit, ich bin ohnehin mehr mit mir und dem Erstellen eines neuen Lebensplans beschäftigt.

„Eine Million für die Projekte in Nordistan."
Mir ist nie ganz klar geworden, worum es im Detail ging, nur so viel, dass dem Pastor die ganze weite Welt näher war als seine Familie. So wie einst die Dorfschule, die mittels meiner Einschulung kurzfristig gerettet wurde, sodass ich deshalb nach der Ausreise mit meinen fünf Jahren sofort zur Schule gehen musste und damit völlig überfordert war.
„Würdest du denn auch für mich Geld sammeln?"
immerhin muss ich gerade meine Zukunft neu erfinden, denke ich. Es geht hin und her, er ist gedanklich bei seiner Arbeit, ich provoziere...
„Nein", sagt er dann entschieden. Naja, sage ich mir, zumindest darf ich hier wohnen, und er fährt mich zu meinen Terminen.

„Im Tränenpalast läuft ‚Per Anhalter durch die Galaxis'", erzählen Freunde mir.
„Im Tränenpalast?", den kenne ich nur als Grenzübergangsstelle. „Das ist ja cool."

Wir gehen hin, mehrere Videofilme hintereinander werden gezeigt, bis zwei Uhr in der Nacht. Die Freunde haben jemanden mitgebracht, mit ihm zusammen gehen wir noch in eine Kneipe, ein lustigleichter Abend, endlich mal wieder ein bisschen flirten. Ich fahre mit der U-Bahn nach Hause, hatte das alte Klappfahrrad aus meiner Jugend vorsorglich an günstiger Stelle angeschlossen und radle in den frühen Morgenstunden die letzten Meter heim. Das Leben hat mich wieder, denke ich, und schwebe die Eingangstreppe hinauf, stecke meinen Hausschlüssel ins Schloss.

„Guten Morgen!" Mein Vater reißt von innen die Tür auf, ich zucke zusammen.
„Was machst du denn hier?", frage ich, der nächtliche Galaxis-Kneipen-Zauber platzt wie eine Seifenblase.
„Jetzt gehe ich ins Bett, gute Nacht", sagt er.
„Schlaf gut", ich steige gänzlich ernüchtert die Treppe hinauf und lege mich hin.
„Was sollte das? Kontrolle?", frage ich mich.

Erst später mache ich mir klar, dass er auf diese Weise seiner Sorge Ausdruck verleiht, ein schönes Gefühl. Dennoch sind die Rettung einer Dorfschule oder kurdischer Witwen im Zweifelsfall wichtiger als ich, denke ich weiter.

Aus dem Video-Abend in der Galaxis entsteht eine mehrjährige Liebesbeziehung. Die Vorliebe für Science Fiction verbindet uns, wir arbeiten in einem ähnlichen Beruf, haben uns etwas zu sagen. Es gibt also einen Mann nach Yang, das hatte ich zwischenzeitlich ernsthaft bezweifelt und genieße es nun. Wir machen Urlaub auf Rügen, verbringen manchmal mehrere Wochen im Winter im warmen Süden Europas – wir sind freiberuflich tätig und nehmen unsere Arbeit einfach mit –, zwei Wochen lang sind wir sogar in China.
Im Lauf der Jahre führt eine Verschlechterung meiner körperlichen Verfasstheit zu immer mehr Angewiesensein auf Hilfe. Wir kompensieren das zuerst spielerisch und merken nicht, in welchem Maß unser Leben von den Anfängen dessen bestimmt wird, was ich heute täglich in Anspruch nehme, „persönliche Assistenz".
Wir merken nicht oder zu spät, dass unsere Beziehung schleichend mehr von dem Thema Behinderung dominiert wird, was

nach unserer Trennung zu der Feststellung meines Ex-Freundes führt, mit mir könne man gar keinen Sex haben. Wir hatten zu meinem Bedauern tatsächlich wenig bis keine Körperlichkeit gelebt; soll das nur an mir gelegen haben? Er scheint überzeugt davon, als Mediziner begründet er seine Einschätzung fundiert, sie hat Gewicht.

Das will ich nicht glauben und flirte fleißig mit einem Handwerker der Hausverwaltung. Er erzählt von sich, Südländer, und seiner Familie, er ist verheiratet. Ein sympathischer Macho durch und durch, der seine Frau niemals verlassen würde, das weiß ich inzwischen, und ergreife jetzt die klare Beischlaf-Initiative. Daraufhin taucht er ab, ich war wohl doch zu direkt. Eine Woche später kommt er wieder und erzählt, nicht zum ersten und nicht zum letzten Mal, wie viele Freundinnen er schon während seiner Ehe gehabt habe und dass er eine Mordswut auf seine Frau hätte, täte sie das gleiche. Unsere Beziehung beginne jetzt, definiert er. Ab sofort stellt er seine Wurst gern zur Schau, bis irgendetwas in mir begreift, dass sie mit mir zu tun hat: Man(n) kann also doch Sex mit mir haben. Nach jedem Beisammensein in den nächsten etwa zwei Jahren hilft er mir wieder in meine Kleidung, für ihn sind Sex und Assistenz kein Widerspruch. Er dringt in mich ein, auch mit Fingern oder dem Hals einer Bierflasche, nicht alles ist angenehm, aber die triumphale Freude über den Neugewinn meines Frauseins überwiegt. Seine Zeit ist neben Beruf und Familie meist knapp bemessen und Familie geht immer vor. Einmal kommt ein Anruf seiner Frau, während wir im Bett sind, ihr sei jemand ins Auto gefahren, sagt er, und macht sich sofort auf den Weg zu ihr, nicht ohne allerdings zuvor mir in meine Kleidung geholfen zu haben.

Er lebt seine Männlichkeit bei mir aus, trennt sich von mir, kommt wieder zurück, trennt sich erneut und kommt doch noch gelegentlich zu mir – bis ich Beweis genug für meine Fraulichkeit habe und einen Schlussstrich ziehe.

Aber all das geschieht erst viele Jahre später. Jetzt kommt die Lieblingsschwester meines Vaters zu Besuch. Beim Thema Abendgestaltung fallen die Stichworte „Anhalter" und „Kino", wer hat damals eigentlich damit angefangen?

Wir sehen dann stundenlang die Videofilme von neulich – und meinem Vater gefallen sie sogar. Das hatte ich ihm nicht zugetraut.
„Klug gemacht", sagt er.
Als wir nach Hause kommen, schwirrt es im Labor meiner Mutter von ungewöhnlich vielen Eintagsfliegen. Wo kommen die auf einmal her? Meine Mutter läuft so aufgeregt zwischen ihren Reagenzgläsern und Apparaturen herum wie selten; sonst ist sie immer die Ruhe in Person. Sie rätselt nicht mit uns, woher die Fliegen auf einmal kämen - es sind keine Essensreste im Müll, die Fliegen hätten anlocken können – die Tiere scheinen nichts Überraschendes für sie zu sein. Heute weiß ich, dass ihr damals ein entscheidender Schritt gelungen war: Sie hatte eine Fliege geklont. Dafür brauchte sie viele Tiere zum Beobachten und Untersuchen, und die schwirrten hier nun herum… Welche Bedeutung dieser Durchbruch in ihrer Forschung für mich später haben sollte, ahnte ich nicht.

Zwei Jahre später finde ich eine Möglichkeit, wieder nach China zu fahren. Ich möchte mich behandeln lassen, denn nach wie vor halte ich viel von chinesischer Medizin. Wohnen kann ich bei Anna, die ich vor Ort erst kennenlerne: Sie hat über Dritte ausrichten lassen, ich könne für die Dauer meiner Behandlung bei ihr unterkommen, drei Monate lang. So ein großherziger Mensch ist sie.

Noch habe ich keinen genauen Plan, wo, von wem und wie ich mich behandeln lassen will. Aber auf den Peking Opa ist Verlass.

„Kannst du Kontakt zu einem guten Arzt herstellen?", frage ich Wang, den ich am Abend bei Anna treffe.
„Ja, natürlich", Wang kennt meine Geschichte.
„Egal ob Akupunktur oder etwas anderes, ich bin für alles offen, es darf nur nicht zu teuer sein."
„Ich werde den Besten für dich finden", verspricht Wang.

Ein paar Tage später kommt er wieder vorbei.
„Ich habe den Leibarzt von Staatspräsident Jiang Zemin für dich."
Wang liebt große Worte und Gesten. Er stellt mir den so genannten Leibarzt vor, seinen Namen habe ich vergessen, entschieden habe ich mich am Ende für einen anderen Arzt und seine Therapie. Auch ihn hatte Wang mir vorgestellt.

Acht Wochen lang fahre ich Montag bis Freitag mit dem Taxi quer durch die Stadt in eine private Ambulanz, um mich akupunktieren zu lassen. Die Ärzte sind der alte Leiter, Dr. He, der nicht jeden Tag anwesend ist, sowie Kinder von ihm, Nichten, Neffen, Schwiegerkinder und eine Enkelin, alle arbeiten in der Klinik. Es herrscht jeden Tag großer Andrang. Arztgeheimnis gibt es nicht, die unmittelbar Umstehenden nehmen an jedem Arztgespräch teil, steuern manchmal eigene Erfahrungen oder Ratschläge bei. Es gibt lange Wartezeiten.

„Ta de bizi zenme hui name da?" – „Wie kann sie nur eine dermaßen große Nase haben?", fragt ein vielleicht 10 Jahre alter Junge vor mir in der Schlange laut und zeigt mit dem Finger auf mich. Ich muss lachen. Unter meinen Bekannten und Freunden zählt mein Riechorgan eher zu den Stupsnasen, aber für Chinesinnen und Chinesen haben alle Nicht-Asiaten große Nasen – so wie sie für uns Schlitzaugen.
„Sie verstehen Chinesisch?", die Eltern sind peinlich berührt und glauben die Situation retten zu müssen.
„Er meint das nicht böse", sagt der Vater hastig.
„Alles in Ordnung, kein Problem", beruhige ich sie. „Warum kommen Sie zu Dr. He?"
„Unser Sohn hört nicht gut", jetzt verstehe ich, warum er gerade so laut gesprochen hat.

Endlich. Mir wird eine Liege zugewiesen, und nach neuerlicher Wartezeit werde ich akupunktiert. Der alte He blickt auf 60 Jahre Berufsleben zurück, seine Finger sind sehr geschickt, das Nadeln tut nicht weh. Mir fällt im Lauf der nächsten Wochen die federleichte Nadelführung eines Sohnes von ihm auf. Das spitze Metall scheint schwerelos in der Luft zu schweben, um dann fast unmerklich und sehr gezielt an einem Punkt unter die Haut zu gleiten. Ein paar Tage später verstehe ich, worauf diese ruhige Nadelführung zurückzuführen ist.

„Sie kalligraphieren?!", sage ich verblüfft. In seiner Pause sehe ich den Mann in aller Ruhe Schriftzeichen pinseln. „Kein Wunder, dass Sie eine so ruhige Hand haben."
Beim Kalligraphieren wird die Hand mit dem Pinsel frei durch die Luft geführt, der Ellenbogen nicht auf den Tisch gestützt.

Das erfordert vollkommene Körperbeherrschung und Ruhe.
„Das ist nur ein Hobby." Er pinselt ruhig weiter, beachtet mich nicht weiter, völlig versunken. Inmitten des menschenbrodelnden Raumes scheint er auf einer Oase der Ruhe seinen Pinsel zu führen. Niemand spricht ihn an, nur die Ausländerin merkte nichts, zieht sich jetzt aber schweigend zurück.

Der Pförtner bewundert meine Unterarmgehstütze. So etwas hat er noch nicht gesehen, er kennt nur Achselkrücken.

„Wenn der alte Dr. He mich so gut hinbekommt, dass ich keine Krücke mehr brauche, dann schenke ich dir diese hier", verspreche ich ihm.
„In Ordnung, so machen wir's."

Es kommt nicht mehr dazu.
„Deine Mutter hat angerufen", so begrüßt mich zwei Wochen vor meinem gebuchten Rückflug nach Klonland die Freundin, als ich am Abend nach Hause komme.
„W-A-A-S?"

Privat war meine Mutter schon immer eine Briefschreiberin, keine Anruferin. Telefoniert, gefaxt und drei Jahrzehnte später gemailt wird nur beruflich. Seit den Dienstreisen meines Vaters ins kaiserländische Inland, während derer er unerreichbar war, galt: „No message = good message". Sie hatte nie in Peking angerufen, um zu fragen, wie es mir ging, oder um zu plaudern. Dass sie jetzt anruft, kann nur auf eine Katastrophe hindeuten. Mit zitternden Fingern wähle ich die Telefonnummer.

„Vater und Anika sind auf dem Rückflug verunglückt." Ihre Stimme ist sachlich wie immer, das hilft mir, die Fassung zu wahren. Mein Vater hatte meine große Schwester besucht und war zusammen mit ihr nach Hause zurückgeflogen.
„Jetzt sind sie im Krankenhaus."
„Wie geht es ihnen?" Der Magen zieht sich mir zusammen.
„Vater hat innere Verletzungen, im Moment wissen die Ärzte nicht, ob er das Wochenende überleben wird. Anika hat eine Kopfverletzung, ist aber außer Lebensgefahr."

Meine Gedanken überschlagen sich. „Ich komme", sage ich. „Ich komme so schnell wie möglich."
Ich lege auf, telefoniere herum, dabei spüre ich den flauen Magen vorübergehend nicht, erkundige mich, organisiere, entscheide. Dann rufe ich meine Mutter wieder an.

„Ich fliege Montag zurück, früher geht es nicht", sage ich.

Zum Akupunktieren gehe ich nicht mehr, der Mann bekommt meine Krücke nicht, obwohl ich sie tatsächlich gegen einen Stock austauschen konnte. Zwei Tage später bin ich in Klonland. Diesmal ohne Kulturschock, weil ich ohnehin wie unter Schock stehe. Mein Vater lebt noch, am liebsten wäre ich sofort ins Krankenhaus gefahren, lasse mich aber überreden, erst auszupacken und am nächsten Tag hinzugehen. Es ist das vorläufig Letzte, wozu ich mich überreden lasse.

Schon auf der Fahrt vom Flughafen nach Hause fange ich an, mir Details erzählen zu lassen. Dass unsere Mutter nach dem Anruf aus dem Krankenhaus alles habe stehen und liegen lassen, um sofort hinzufahren. Sie selbst sagt mir später, sie habe nur noch rasch im Labor nach dem Rechten gesehen, damit ihr aktuelles Experiment nicht misslinge. Wie fremd der Mann an die Schläuche und Maschinen angeschlossen ihr vorgekommen sei – wie beruhigend zugleich, ihn in guten Händen zu wissen.

Einer der großen Brüder ist besonders besorgt um unsere Mutter.
„Ich habe den Telefondienst übernommen, um sie zu entlasten."
Mutterschutz. Ich kann mir vorstellen, dass unendlich viele ehemalige Gemeindemitglieder, Freunde und Verwandte anrufen und nach ihm fragen.
„Er ist bei Bewusstsein aber schwach, darauf musst du vorbereitet sein", bereitet Mutter mich vor.

„Hier kommt die Peking-Ente", sagt mein älterer Bruder, als er mit mir ans Bett des Vaters tritt. So hatte mein Vater mich in den letzten Tagen oft genannt, erfahre ich.
„Frisch importiert", ergänze ich.
Ich erzähle von den letzten Tagen in Peking, vom Kauf einer Armbanduhr mit dem winzigen Konterfei von Deng Xiaoping auf dem Zifferblatt, einem Abbild der chinesischen Flagge und dem Spruch „Xianggang huigui zuguo" - „Hongkongs Rückkehr ins Vaterland".
„So ein typischer Touristennepp", erzähle ich. „Die Preisforderung des Verkäufers habe ich bei meinem Gegengebot halbiert, und als er sofort einwilligte, wusste ich, ich hätte viel niedriger einsteigen sollen." Der Vater lächelt leise. Ich zeige ihm die billig gemachte Uhr, die an das chinesische Ereignis des Jahres 1997, dessen Architekt Deng Xiaoping war, erinnert.
„Das Handeln habe ich von dir gelernt", ergänze ich.

Ich erinnere seine munteren Interaktionen mit den Händlern, die nie wie verbissenes Feilschen wirkten. Dieser Mann liegt jetzt vor mir, stark geschwächt, aber mit wachem Geist.

Es gibt für die nächsten Tage genaue Zeitvorgaben für die Besuche beim Vater, das managt der Telefondienstbruder.

Unser Vater möchte oft Eis essen, Mutter hatte das schon erwähnt.
„Sie müssen aufpassen, er kann sich den Magen verkühlen", sagt das Pflegepersonal.
„Jaja", antworte ich. Ihnen scheint nicht bewusst zu sein, dass sie einen körperlich zwar kranken, aber geistig sehr regen Mann vor sich haben.

„Aber zuerst die leckere Suppe von Yasmin", der Telefondienstbruder packt sie aus und fängt an, den Vater zu füttern.
„Was soll das? Er will Eis essen!", mahnt der Peking Opa leise. Zu leise. Ich spüre nur ein Unwohlsein, während ich das Geplauder des Telefondienstbruders höre.
„Er hat mir neulich gesagt, er sei manchmal zu schwach, um das Gefüttertwerden als unangenehm zu empfinden, das fand ich sehr erleichternd", sagt er.
Zum Glück denkt irgendjemand nach der Pflichtsuppe noch daran, dem Mann das gewünschte Eis zu geben.

Das Grauen überkommt mich erst später: Wie kommen wir dazu, einem gestandenen, voll zurechnungsfähigen Mann vorzuschreiben, was er wann zu essen habe? Er sagt klar und deutlich, er wolle Eis essen, und wir flößen ihm Yasmins gute Suppe ein?

Es ist ein heißer Sommer, mein Vater liebt Franzbranntwein, will immer wieder damit eingerieben werden. Auch hier warnt das Pflegepersonal vor Nebenwirkungen, auch hier setzen wir uns darüber hinweg.

„Ruth soll kommen", bei meinen Besuchen in den nächsten Tagen spricht der Vater nicht viel, aber diesen Satz wiederholt er stereotyp:
„Ruth soll kommen."

„Das schafft sie nicht", erklären meine Brüder ihm. „Mit ihrem einen kringelreicher und dem anderen amerikanischen Knie."

Ruth ist die älteste Schwester meines Vaters, beide in Kringelreich geboren. Sie hatten fliehen müssen, mein Vater war noch Kind, und das Einzige, was er von früher erinnerte war, dass man in Kringelreich jedes Gebäck in Kringelform fertigte: Kuchen, Brot, Brötchen, Kekse, alles. Davon erzählte er manchmal, ich stellte mir das lustig vor. Ruth war später nach Amerika ausgewandert und hatte sich dort ein künstliches Kniegelenk einsetzen lassen, mein Vater prägte die Formulierung von den Knien unterschiedlicher Nationalität.

„Ruth soll kommen", wieder und wieder.
„Das schafft sie nicht, das geht über ihre Kräfte", immer die gleiche Antwort. Es ist quälend.

„Sie fliegt jedes Jahr zu ihren Kindern nach Übersee", denke ich am Abend im Bett. „Es kann doch nicht sein, dass ein zweistündiger Flug zu ihrem kleinen Bruder ihr zu viel ist." Ich beschließe sie anzurufen. Wenn sie nicht kommen kann, will ich das von ihr selber hören.

„Jeden Tag?", fragt sie nach.
„Ja, ‚Ruth soll kommen', sagt er immer."
Sie kann es kaum glauben: „Ich hatte am letzten Freitag Maiglöckchen für ihn gepflückt und einen Flugschein gekauft, aber deine Mutter erklärte, es passe nicht." Jetzt sei erstmal die Familie dran, habe sie gesagt. Dazu gehört nicht die älteste Schwester?, frage ich mich.

„Bevor ich hier war, sagt meine Schwägerin, hat er jede, die ins Zimmer kam, gefragt, ob sie aus Peking komme. Jetzt bin ich hier, jetzt sollst du kommen."

Ruth bucht nach unserem Telefonat sofort einen Flug und kommt am nächsten Tag, eine Woche später als sie es geplant hatte und ohne Maiglöckchen, dazu war der Aufbruch zu hastig. Meine Brüder und Mutter sind außer sich wegen meiner ‚Eigenmächtigkeit'.

„Ich wollte ihm nur einen letzten Wunsch erfüllen", sage ich meiner Mutter. „Ich wollte dir nicht weh tun, lass uns reden."
„Nein, darüber rede ich nicht mit dir."

Ruth bleibt ein Wochenende, besucht meinen Vater mehrmals. Ich hole sie bei ihrem letzten Besuch ab, um sie zum Flughafen zu bringen.

„Ich muss jetzt gehen, Hänschen", so liebevoll habe ich nie jemanden mit ihm sprechen hören, nicht mit einer Verniedlichung seines Vornamens.

Warum meiner Mutter der Besuch nicht passte, weiß ich bis heute nicht.

Unsere Kusine möchte ihren Onkel besuchen. Der Telefondienstbruder ist stolz, unserem Vater ein Zuviel an Besuch vom Leib zu halten, unserer Mutter ein Zuviel an Telefonaten. Auch die Kusine wird abgewimmelt. Ob er unseren Vater gefragt habe, will ich wissen. Der Telefondienstbruder ist irritiert, versteht nicht, wozu das gut hätte sein sollen.
„Er kann doch selber entscheiden, ob er sie sehen möchte", sage ich.
Unser Vater nickt, als ich ihn frage: Ja, meine Kusine, seine Nichte, solle kommen. Sie wird dann sogar herzlich von unserer Mutter begrüßt. Hatte der Telefondienstbruder es mit dem Mutterschutz gar übertrieben?

Nach zwei oder drei Wochen im Krankenhaus will es der Zufall, dass ich es bin, die meinem Vater die Nachricht überbringt, er werde nach Hause verlegt. Es geht ihm besser, er wird in gewohnter Umgebung schneller wieder ganz gesund werden.

„Was ist schon zuhause", fragt er tonlos.
Ich bin plötzlich hellwach.
„Was ist denn für dich zuhause?", frage ich zurück.
„Kaiserland."
Mir stockt der Atem.
„Wo würdest du hingehen, in die Schneewüste oder in ein Café?"

„Beides."
Als ob er geahnt hätte, was geschehen wird. Der Peking Opa nickt: Alles ist gut.

Die Pläne des Telefondienstbruders rufen ihn weit fort, da bedingt er sich einen letzten alleinigen Besuch beim Vater aus, ich soll an dem Tag nicht kommen.

„Es war ein schöner Besuch", erzählt er später. „Wir haben viel über früher geredet, Kaiserland, und ihm im Wesentlichen gesagt, dass wir eine schöne Kindheit hatten."
SchöneKindheit schöneKindheit schöneKindheit, poltert es in meinem Kopf, er weiß nichts von dem Wesen und seiner zerstörerischen Kraft, oder er will nichts von all dem wissen.

Einmal spricht der Vater am Morgen von einem guten Freund, der ein paar hundert Kilometer entfernt lebt. Die ganze Familie kennt ihn, er ist Freund und Kollege und war oft bei uns zu Hause. Gegen Mittag steht er plötzlich vor der Tür. Er habe am Morgen das dringende Gefühl gehabt, herkommen zu müssen und habe sich sofort in den Zug gesetzt. Die beiden sprechen miteinander, vielleicht verabschieden sie sich, dann fährt er wieder nach Hause. Dieser Freund wird geahnt haben, was danach geschah.

Nun geht alles sehr schnell: Vater bekommt eine Lungenembolie; die Ursache wurde nie geklärt.

Er stirbt an einem dieser heißen Sommertage ungefähr zum Glockengeläut am Mittag um 12 Uhr. Jetzt weiß ich, warum ich mich zwei Jahre zuvor so sicher für die Stadt meiner Eltern und gegen den Süden Klonlands entschieden hatte. Wir hatten zwei gemeinsame Jahre seines Ruhestandes, zwar mit vielen Asylbewerbern, aber auch mit Tränenpalast.

Anfangs fällt es uns allen nicht auf, zu sehr sind wir mit dem schwerer verletzten Vater befasst. Nun ist er gestorben, eine große Spannung fällt von uns ab, die uns wohl allen nicht bewusst war. Angst vor dem Verlust des Ehemannes/Vaters, Angst vor dem eigenen Tod, wie wird es in der Familie ohne ihn sein?

Jetzt erst fällt mir auf, dass meine Schwester mich anscheinend gar nicht mehr erkennt. Sie sieht mich nicht an, nimmt mich nicht wahr, scheint manchmal vergessen zu haben, dass es mich gibt oder je gegeben hat. Dann wiederum, für mich unvorhersehbar, strömt sie anlässlich eines Familienfestes auf mich zu, als seien wir nur kurz im Gespräch unterbrochen worden, beugt sich übertrieben auf Rollstuhlhöhe herunter und möchte weiter plaudern. Inzwischen weiß ich, dass es sich um eine partielle Amnesie handelt, partiell deshalb, weil sie sich nur auf meine Person erstreckt und immer wieder durch lichte Augenblicke unterbrochen wird. Meine Schwester ist mit einem Arzt verheiratet, dem offensichtlich auch nicht auffällt, welche Folgen ihre Kopfverletzung hat.
Mit allen anderen Familienmitgliedern steht sie in regem Kontakt, besonders mit der Mutter. Sie telefonieren und besuchen sich oft. Anika ist irgendwann diejenige, die diese Reise aller Geschwister außer mir nach Amerika plant, mit Ausflug nach Alcatraz. Ihre partielle Amnesie scheint ansteckend zu sein, denn es scheint niemandem aufzufallen, dass ich bei der Reise nicht dabei bin – ich fehle niemandem. Ein erstaunliches Phänomen.

Es wird von dieser Reise aus sogar ein Telefonat mit mir organisiert, mit Bildverbindung. Es tut weh.

Vielleicht bilde ich es mir nur ein, aber nach dieser Reise scheinen meine Geschwister noch enger als zuvor miteinander und der Mutter zusammenzuhalten. Anika und unsere Mutter machen lange Spaziergänge und sitzen zuweilen bis tief in die Nacht bei einem Glas Wein zusammem. Dabei wird irgendwann diese Wahnsinnsidee entstanden sein, an der meine Mutter dann weiter forscht.

Ein Jahr nach dem Tod meines Vaters bin ich wieder in China, lasse mich wieder akupunktieren. Diesmal lebe ich in einem Haushalt mit „Ayi", mit einer Hausangestellten fürs Saubermachen. Ich bin die Einzige, die Shen Ayi ab und zu sieht, die anderen arbeiten den ganzen Tag außer Haus. Shen Ayi kommt wie fast alle Pekinger Ayis vom Land, sie ist in den Sechzigern, wir plaudern gern, wenn sie gerade Pause macht. Das heißt, wir versuchen zu plaudern, auch sie spricht einen für mich schwer verständlichen Dialekt.

„Mein Mann ist vor einigen Jahren gestorben", ich hatte sie nach ihrer Familie gefragt.
„Hier in Peking?"
„Ja, wir lebten schon hier. Das bedeutete, er hätte eingeäschert werden müssen."
In den Städten sind Erdbestattungen nicht erlaubt.
„Das konnte ich nicht zulassen, dann wäre mein Mann doch nicht zur Ruhe gekommen."
„Ach", sage ich ratlos.
„Ich bin früher Taxi gefahren und habe mir von einem ehemaligen Kollegen den Wagen ausgeliehen. Bei Nacht und Nebel

haben wir meinen verstorbenen Mann ins Auto geladen, sind zu uns aufs Land gefahren und haben ihn im Familiengrab beigesetzt."
Nun werden die Ahnen keine Unruhe unter den Lebenden stiften, setze ich in Gedanken hinzu.

Yang und ich sind trotz allem Freunde, das hatte er in dem Brief einst geschrieben, und daran klammere ich mich.

Er besucht mich in der komfortablen Wohnung in einem der Ausländerghettos und sagt unmittelbar nach der Begrüßung:

„Ich bin jetzt verheiratet."
„Ach, hat das geklappt mit der, die du so toll fandest?"
„Nein, das hat sich anders entwickelt. Ich bin mit der Dolmetscherin unserer Firma verheiratet."
„Also die, die du nicht wolltest", stichele ich.
„Neineinein", mit ausladenden Handbewegungen wehrt er ab. „Sie ist eine tolle Frau, wir feilen sogar ab und zu an meiner Aussprache."
Das hättest du mit mir auch haben können, denke ich, schweige aber.

Ich fahre weiterhin alle ein bis zwei Jahre nach Peking, aber irgendwann lasse ich das mit den Anrufen bei ihm. Ich habe verstanden, dass „Freunde bleiben" in China nicht vorgesehen ist.

„Das ist doch klasse, so ein Rollstuhl, da musst du nicht so viel laufen!", mein kleiner Neffe hat gerade keine Lust mehr zu gehen.

„Richtig. Aber dort", ich zeige auf eine Treppe vor uns, „dort komme ich zum Beispiel nicht hinauf."
Der Junge rennt die Stufen hinauf und wieder herunter. „Stimmt", sagt er, als er wieder vor mir steht: „Das ist doof."

Ohne dass es mir recht bewusst wird, entwickelt der Rollstuhl sich im Lauf der Jahre zum immer häufigeren und irgendwann ständigen Begleiter. In meinem Leben, meinen Gedanken und Träumen stehe und gehe ich gleichwohl auf meinen eigenen Beinen und Füßen.

Meine Artikulation ist schlechter geworden. Telefongespräche mit der Hausverwaltung oder mit Ämtern, geschäftliche Telefonate und manchmal auch solche privater Natur führe ich lieber mit Hilfe von Assistentinnen oder Assistenten. Irgendwie geht es immer.
Nur meine Mutter ist so sehr damit beschäftigt, mich nicht zu verstehen, dass sie keine Zeit hat mir zuzuhören.

Das Wesen besucht mich in meiner neuen, rollstuhlgerechten Wohnung. Es hat das früher öfter getan, wir haben gemeinsam Videos angeschaut, stundenlang und halbe Nächte durch. Aber diesmal ist es anders, ich habe wieder das Gefühl, dass es über etwas sprechen will. Irgendwie kommen wir – vermutlich das Wesen, nicht ich – auf das Thema Badewanne in der Schneewüste zu sprechen, es sei neugierig gewesen, sagt das Wesen, und sei deshalb schon Jahre vorher nachts zu mir ans Bett gekommen, um meinen Körper zu betasten und zu erfühlen. Das habe es mir vor 20 Jahren bei seinem Besuch im Süden Klonlands sagen wollen, es nicht über die Lippen gebracht und deshalb anschließend in einem Brief an mich formuliert. Es habe sich immer schuldig wegen meiner Glaskörperblutung gefühlt.

Richtig, denke ich, es passt: Da waren diese entsetzlichen Albträume, dann sah ich rot, musste Kaiserland verlassen, und es gab keine Albträume mehr. Aber warum weiß ich von dem Brief nichts? Ich bitte um die Kopie seiner Abschrift.

Der Brief kommt. Als ich das Papier aus dem Umschlag nestele und auffalte, zieht es mir den Boden unter den Füßen weg, mein Magen dreht sich um, ich muss mich übergeben, mitten im Zimmer. Kann ein Mensch etwas so Entsetzliches so gründlich verdrängen? Ja, weiß ich inzwischen, er kann, je entsetzlicher, desto gründlicher. Oder hat es das Original nie gegeben? Das kann und will ich mir nicht vorstellen – aber ich weiß es nicht. Da ist nur dieses bodenlose Gefühl des Ausgeliefertseins.

Dazu passt, dass meine Geschwisterwesen eine gemeinsame Reise in die USA planen und mich nicht einmal fragen, ob ich dabei sein möchte, vielleicht für eine oder zwei Wochen?

„Wäre diese Schwäche in deinen Beinen nicht dein Alcatraz, wärst du auch dabei", alle Geschwisterwesen unterschreiben auf der Postkarte mit einem Bild der Gefangeneninsel im Westen Amerikas.

BATSCH! Schon wieder so eine Ohrfeige.

„Falsch", antworte ich in einer Rundmail an alle. „Keine Schwäche in den Beinen ist mein Alcatraz, sondern ein derart entmündigendes Verhalten. Wäre ich gefragt worden, hätte ich selbst entscheiden können, ob ich mitkommen möchte."

Wochenlanges Schweigen, dann zwei Antworten. Zwei Antworten von vier Geschwisterwesen nebst Ehegesponsen, kein Gespräch, nichts. Alcatraz eben. Alcatraz inmitten einer Pastorenfamilie.

Mutter verfolgt die Reisevorbereitungen der Geschwister so genau, als freue sie sich, einer ruhigen Zeit entgegenzusehen, in der keine Enkelkinder sie bei der Arbeit störten. Als ich ihr von meinem Alcatraz-Gefühl berichte, hört sie kaum zu.

Heute weiß ich, warum sie so besonders viel redete, ohne je ihre eigene Arbeit zu erwähnen. Sie muss kurz vor dem Durchbruch gestanden haben.

Geburtstag der Mutter. Oder sonst irgendein Familienfest. Es wird ins Chinarestaurant gegangen oder zum Italiener geladen, ich komme auch. Weil die Mutter mich geboren hat, weil ich sie respektiere, weil man das so macht. Ich bin wie erfroren, der Teppich, unter den jegliche Unstimmigkeit wie auch das vom Wesen getriebene Unwesen seit Jahrzehnten gekehrt werden, er wölbt sich zu hoch, um noch darüber hinwegsehen zu können. Wie machen sie das nur, Ente kross essen, Nummer fünfundsechzig, sich munter unterhalten und lachen, wir erfahren, wer angerufen hat, wem es wie geht, wer wo ist und was tut, alle wissen vom getriebenen Unwesen des Wesens, essen Ente kross und zerplaudern Belanglosigkeiten. Sie wissen um Alcatraz, lachen und halten an der heiligen Ordnung der Familie fest. Da zornt

der Peking Opa: Du kannst die heilige Ordnung der Familie umundaufrühren, feg nicht auch alles unter euren Teppich, fülle die heilige Familienordnung mit Wahrheit, mit deiner Wahrheit - wer wenn nicht du?
Ich spüre mich erstarren.
Das Wesen streicht mit seinen knochigen Spinnenfingern über den Arm seiner Ehefrau, die dünnlangen Glieder fallen mir wieder einmal auf, ich spüre sie 40 Jahre zuvor zwischen meinen Beinen, auf meinen kaum sichtbaren Brustansätzen.
„Was tue ich eigentlich hier?", schreit meine Seele.

Habe ich laut geschrien?
Mit sanfter Hartnäckigkeit drängt meine Mutter plötzlich zum Aufbruch. Sie kennt mich, sie ahnt, dass ich nicht mehr lange schweigen werde, dass es höchste Zeit ist.

Wasser ist härter als Stein, sagt der Peking Opa unvermittelt und sieht mir in die versteinerten Gesichtszüge. Schau dem Wasser zu, wie es durch den Yangzi und den Gelben Fluss Chinas, durch den Blauen Nil Kaiserlands und die Spree Berlins fließt und wisse, deine schreiende Seele hat die Kraft, alle Verletzung und Ignoranz deiner Familie zu verwandeln. Sie selbst, deine Eltern, haben sie in dir angelegt.

Wir gehen zu ihr nach Hause, weil wir dort noch einen Espresso einnehmen wollen. Ich lege mich stattdessen zum Mittagsschlaf hin – und habe beim Aufwachen keine Ahnung, ob Stunden, Tage, Wochen oder Jahre vergangen sind. Es ist angenehm ruhig, ich bin abgeschirmt vom Geburtstagsgeschnatter der Familie, kann kurz schlafen und merke nicht, dass meine Mutter mit einer feinen Betäubungsspritze nachhilft, um mich in tieferen

Schlaf zu führen. Dann entnimmt sie mit einer langen dünnen Nadel eine Zelle aus meinem Innern und setzt sie zum Klonen an. Oder war das ein Traum?

Jetzt jedenfalls sitzt Yasmin verwirrt, desorientiert, verständnislos, fragend, besorgt bei mir. Aber wo? Ich sehe mich um. Dies ist nicht das Wohnzimmer meiner Mutter, nicht ihr Labor, durchs Fenster scheint nicht das fade Licht des Klonländer Winters herein.

Im Sessel sitzt der Peking Opa. Jetzt sehe ich ihn ganz deutlich, auch ohne die Brille. Wieder frage ich mich: Ist das ein Traum? Oder bin ich tot? Tot und beim Peking Opa?

„Nein", sagt Yasmin. Die letzte Frage scheine ich laut ausgesprochen zu haben, was ihr die Orientierung zurückgibt. „Du bist nicht tot, nur doppelt."

„Wie jetzt?", ich drehe mich nach allen Seiten um. „Ich sehe mich kein zweites Mal."

Yasmin windet sich. Sie hat ihre Orientierung zurückgewonnen, ich beginne sie zu verlieren. Verdoppelt? Seit wann? Wie? Und warum?

„Erinnerst du dich an das Essen im China-Restaurant an Mutters Geburtstag?", fragt Yasmin.

„J-ja", antworte ich zögernd. Obwohl es doch gerade eine oder zwei Stunden her ist. Oder? War die Feier nicht doch im Winter des letzten Jahres gewesen, als so besonders viel Schnee lag? Ich blicke zum Fenster hinaus und sehe überhaupt keinen Schnee. Da sind Kakteen und Dornenbüsche, ziemlich trocken, das ist doch nicht der von Yasmin liebevoll gepflegte Garten meiner Mutter in Klonland. Die Sonne strahlt, wie ich es aus meiner Kindheit in Kaiserland kenne. Wo sind wir? Und wieso ist der Peking Opa hier?

„Du hast lange geschlafen", sagt Yasmin. Wieder hat sie meine in Gedanken gestellten Fragen offenbar gehört und beantwortet sie.

Sie erzählt mir, das Klonen der Fruchtfliegen seinerzeit sei so etwas wie eine GenerAlbrobe gewesen. Seit Jahren habe meine Mutter sich damit befasst, weil sie immer schon die Grenzen des Machbaren erweitern wollte. Darum sei es in vielen ihrer internationalen Fachzeitschriften gegangen, nicht um Zwillingsforschung, wie ich aufgrund eines Titelbildes früher einmal vermutet hatte. Es stimmte also, sie war kurz vor dem Durchbruch gewesen, als die Geschwister ihre Alcatraz-Reise machten.
Sie selbst, Yasmin, habe nur am Rand und zufällig etwas davon mitbekommen, die Tragweite aber erst während meines Mittagsschlafs erfasst. Jetzt erfahre ich, wie es an jenem Geburtstag vor zwei Stunden oder Wochen oder Jahren weitergegangen ist. Meine Mutter sei geschäftig hin- und hergelaufen, habe sich ungewöhnlich lange bei mir aufgehalten. Yasmin wunderte sich, dass ich bei der Unruhe schlafen konnte. Irgendwann habe auch sie eine bleierne Müdigkeit erfasst, sie sei in tiefen Schlaf gefallen.

„Im Schlaf habe ich es gesehen, die Geschwister bei ihrem Espresso, deine Mutter bei der Arbeit, dich beim Mittagsschlaf. Dann haben alle darüber geredet, wie es jetzt weitergehen solle."

„Sie platzt bald."
„Sie wird nicht mehr lange mitspielen."
„Wir müssen etwas unternehmen."

„Was sollen denn die Gemeinde und unsere Freunde denken!",
mit diesen Worten mahnte meine Mutter zum Handeln, die
Kaffeetrinker hielten ihr den Rücken frei und räumten die Küche auf.

„Wie lange ich geschlafen habe, weiß ich nicht", sagt Yasmin.
„Irgendwann hat deine Mutter mich geweckt." Ich bin jetzt so
weit, habe sie gesagt, ohne zu erklären, was „so weit" hieß.
„Dein Klon schlief noch, während ich mit dir in einer Art Spezialzug ‚in die Wüste' geschickt werden sollte", berichtet Yasmin.
Wie das Ganze vonstatten ging, habe sie auch nur nebelhaft
mitbekommen, jedenfalls habe meine Mutter mir nie schaden
wollen, da war Yasmin sich sicher, sie musste nur um jeden Preis
verhindern, und darin waren alle Geschwister ihrer Meinung,
dass ich mit meiner Geschichte von der Pastorentochter und
dem Wesen herausplatzte.
Yasmin und ich erlebten das „In-die-Wüste-geschickt-werden"
wie betrunken; mir schien, ich hörte die ganze Zeit das Geratter
eines Zuges, so wie seinerzeit ungefähr eine Woche lang in der
transsibirischen Eisenbahn. Oder war da das laute Brummen einer Klimaanlage, verbunden mit Motorengebrumm, so wie im
Flugzeug? Ich vermag es nicht zu sagen, irgendwann jedenfalls,
das erinnere ich genau, stieß der Peking Opa zu uns, und kurz
darauf kamen wir zum Stehen – aber hatten wir uns überhaupt
von der Stelle bewegt? – und stiegen in Neu-Klonland aus dem
Zug oder Flugzeug oder was auch immer aus.

Seitdem leben Yasmin und ich in Neu-Klonland, meistens mit
dem Peking Opa. Wo Neu-Klonland liegt, weiß ich nicht. Nur
so viel dass ich in der Schneewüste in Neu-Klonland so wenig
einen Rollstuhl brauche wie in der Schneewüste meiner Kind-

heit. Lediglich ab und zu einen Stock oder eine Krücke. Wir können meinen Klon sehen, wenn wir wollen. Ewa, mit kurzem „Ä" als Anlaut, so nennen wir sie, erfüllt ihre Rolle sehr gut. Meine Mutter hat es geschafft, ihr all die Erinnerungen an lila Würste zu ersparen. Sie kann sich fröhlich mit der Familie über ihre Kindheit unterhalten, weil es bei ihr weder das Wesen noch irgendeine Schulrettung oder sonst einen Albtraum gab. Anika hat keine Schwierigkeiten, Ewa als Eva zu erkennen. Alles ist gut, die Familienordnung wiederhergestellt. Dass Yasmin nicht mehr in Klonland ist, lässt sich der Kirchengemeinde, Verwandten und Freunden leicht mit der Krankheit ihrer Mutter erklären.
Ich aber komme wieder regelmäßig nach China. Wie der Peking Opa das macht, weiß ich nicht. Ab und zu nimmt er meine Hand, wandert mit mir weit in die Schneewüste hinein, in der ich vielfarbige Würste entdecke; erst jetzt wird mir klar, dass es schwarze, rote und gelbe gibt, die ich behutsam und neugierig berühre. Nur eine aufdringliche lila Wurst ist nicht mehr dabei. Die letzten, die ich fand, hatte ich zu Brezeln geschlungen. Es dauerte lange, bis ich die richtigen Handgriffe dafür beherrschte. Dann aber machten mir dieser Brezelschwung und die dadurch entstehenden hohlen Bögen und Bäuche große Freude. Es bleibt die einzige Befriedigung meines Lebens.
So entführt der Peking Opa mich in unendliche Traum-Weiten. In Wirklichkeit aber bin ich auf einen Rollstuhl angewiesen und kann wegen rasant abnehmender Sehkraft dieses Buch nicht auf konventionelle Art zu Ende schreiben.

Habe ich mir die Feuerdüse, die ich an meinen Rollstuhl schnalle, um schwarze, rote und gelbe Würste zu kalligraphieren, aus dieser Wüste mitgebracht? Hat der Peking Opa sie mir als Ausdruckswerkzeug zugesteckt, als ich endgültig auf sechs elektrische Rollen 45 cm unter mir angewiesen war?

Die letzten Buchstaben/Symbole/Zeichen dieses Buches werde ich in die Erde brennen.

Thermografiert werden meine Wärmespuren für die Menschen sichtbar, die diese Sprache verstehen wollen.

E. K. H., 2010/2012/2014